獻給孩子的歌

明神默

あれは子どものための歌

Rappa 譯

目錄

商人的空口承諾

身穿黑色大衣的男人行走在沉進黑暗的城市之中。

他仰望天際，新月高掛其中。

希路國的冬日太陽下山得很快，然而時間要稱作夜晚還嫌早。廣場滿是行人的腳步聲響，四周等距豎立的老舊街燈，就像沒有枝幹的樹木，而在孩童笑聲迴盪的稀疏燈林中，一名約莫十三、四歲的女孩奔向男人。

女孩抬起一雙杏眼注視他，遞出一顆蘋果。

「異國的客人，來一顆吧？」她抱在懷中的籃子塞滿熟透的蘋果。

男人望著女孩，面露驚訝，但還是收下水果。他微蹲下來，屈起高眺的身子與女孩等齊，直視她的雙眼靜靜問道。

「妳這樣做是因爲異國的旅人出手大方嗎？」

「才不是這樣。」女孩雙頰脹紅，難爲情地說。「我只跟看得順眼的人做生意。我看你很順眼。」

「那眞是謝了。」

男人接著聊了幾句遞出銀幣，女孩便雀躍地離去。目送她的背影，他將蘋果收進懷裡邁開步伐，彎進狹窄複雜的暗巷。拐過幾個轉角，腳步聲與緊追在後的人疊合。

男人進了酒館。掛在招牌上的鈴鐺搖晃起來，發出尖銳聲響。他走向昏暗店內的深處，選擇角落座位。點了酒後，從懷中取出蘋果放在桌上，接著拔出腰間的匕首。那是一把刀刃彷彿以黑曜石打造的大型匕首，用途顯然不會是切水果。

有人滑進了他對面的位子。那是一名紅髮青年。

男人不理會同桌客人，逕自從行囊拿出小紙袋扯破，墊在桌上削起蘋果，只見果皮完全沒斷過半次就俐落削完了。

身旁的青年遲疑一會，終於下定決心開口：「記得我嗎？」

男人抬起頭，削完的果皮悄然掉落紙面。青年安心下來似地微笑起來。

「不記得啊。我是基鐸，諾德城廚師長的兒子。」

男人蹙眉，那神情與其說是想不起，更像需要片刻沉默，才能將時隔已久的陳舊記憶重新對上眼前的人物。

「認不出來嗎？我長高不少，也變聲了。上次碰面之後都過了八年，大爺你倒是一點都沒變，連一根白髮或一道皺紋都沒長。嘜，是怎麼稱呼——」

「業。」

「對，沒錯，就是業！太好了，我沒認錯人。」

「你一直在背後跟蹤我是不是？」

不是用手指，業直接將手中的刀尖指向基鐸。

「我只是找不到機會搭話。太久沒見了，我沒把握認對人。」

「你沒在那場大戰中送命，真是狗屎運。」

「我可沒要求你歡慶重逢，但講話可以更好聽一點吧。」基鐸責備地道。

「知道我底細的傢伙全是煩惱之源，愈少愈好。」

業啃著蘋果，空下的右手把玩起匕首。用不著盯著，漆黑通透的刀刃也絲毫未傷及手指。在掌中旋轉的匕首，上一秒拋上半空，在燈光照射下散發幽光，下一秒又回到手中。

基鐸叫住店員點了酒。

酒館中央的座位有四個男人正在賭博。他們將三只杯子倒扣，賭銅板蓋在哪只杯子底下。首先是將銅板放在正中間的杯子裡，接著倒扣杯口，迅速移動。蓋了銅板的杯子看起來移動到了左邊。

「中間吧？」基鐸想了一下，自言自語道。業回他：「右邊。」賭客則自信滿滿高呼「左邊！」

然而，左邊的杯子裡沒有銅板。接著，右邊的杯子打開了。

咻。基鐸輕吹口哨讚嘆。

「真有你的，業。」

「你還是老樣子。不肯乖乖照著自己看到的回答左或右。」

「酒館裡的賭局總是會有人作弊。」

話一說完，「你耍老千！」的怒吼隨著踹倒椅子的聲音隨之響起。業見狀，露出諷刺的笑容。「在這個國家，這種程度的騙局愈來愈多了，但要僞造國幣才會判到無期徒刑。看來詐欺取財無所謂，假幣付錢卻會挨罰。」

「這標準還眞是沒道理。是說剛剛的賭局，那名智士——斐伊會怎麼說？」

「他會輕易看穿作弊手法，誇口有更巧妙的作法吧。」

「……話說回來，你這回是打算在這個國家撈一筆？」

業無視基鐸的疑問，他將那把匕首拋高到逼近天花板。

基鐸突然注意到地指著蘋果。「這是跟廣場那個可愛的女孩買的吧？」

匕首落下來，在地板擊出聲響，似乎是被業的手背撞開而掉在桌底。

業盯著空空如也的右手自嘲著：「不該胡鬧過頭。」

店員送上基鐸的酒，順手想幫忙撿起掉在地上的匕首時，旁邊爆出叫嚣。賭局那桌的人們互相扭打。店員趕緊上前調停。

在益發喧鬧的酒館角落，基鐸再次開口。

「前陣子街角的說書人講起了拯救北國的某個男人事蹟。」

「是嗎。」

「但他講的內容離眞相太遠了。事到如今，諾德國當時到底發生什麼事，只有我們三個知道了。」

「這可不一定。」業質問基鐸。「你怎麼敢斷定，你知道的就是眞相？」

諾德國不為人知的真相 Ⅰ

八年前。

時序剛步入春天，天氣仍稍嫌寒冷。

一名商人造訪了極北方的小國。

他是猶帶稚氣、稱爲少年也不爲過的年輕人。閃閃發光的金髮及肩，還擁有一身雪白肌膚以及比夏空更清澈蔚藍的雙眼。他穿著衣領跟袖口刺著鮮豔刺繡的長衣，說話時帶點腔調。

商人把貨物堆在推車上，一大早就到街角擺攤。貨品全是這個國家難得一見的寶物。精雕細琢的手鏡、散發七彩光輝的寶珠、有隱藏夾層的上鎖小盒、鑲嵌寶石的時鐘、三瓶一組的香水瓶……簡直就像拿珍貴的寶箱出來展示。

然而，這些商品卻賣不出去。奚落他的客人嘆著氣的同時，告訴他理由。

這個國家土地貧瘠。風將乾燥砂石吹進國土，以致農作物發育不良，可耕種的土壤十分乾硬。雖然有漁港，但每逢冬季就會凍結，船隻無法航行。上次的冬日又遇上貿易國歉收，人民苦於飢荒。

沒有人買得起奢侈品。

商人走遍國家，來到王城。他沒住進旅社，而在河邊露宿。儘管冬天已去，這個季節在太陽下山後依然寒冷。在一個下著刺骨冷雨的寒夜，一對老夫妻不忍他在戶外挨寒受凍，邀請商人進門。

商人要老夫妻任選推車上一項商品來送給他們，代替住宿費。他口若懸河地說起選中的商品背後有何等曲折離奇的命運。商人的演說著實精采，足以令人暫忘飢餓。在深受感動的老夫妻勸說下，商人開始在擺攤時搬出這套話術。駐足的客人旋即增加。

商人的事蹟傳入了國王耳中。

在使者的帶領下，商人踏進了王宮。

國王受到大臣與官兵簇擁，在大理石砌成的大廳等候已久。

「市井流傳有個能言善道的旅行商人，不過他的風評不全正面。我也聽到有人抱怨妻女被俊男誆騙，天天造訪無聊的攤販，疏忽了家事。」

畢恭畢敬低著頭的商人，這時驚訝地抬起臉來。他確實生有好看的臉龐。如今聽聞不入流的謠言而不知所措，雪白雙頰刷紅，散發出令人望得出神的魅力。

國王懷著笑意，試探性地詢問：

「眾人對你的好評究竟是出於三寸不爛之舌，或是那美麗的金髮碧眼？讓我聽聽你怎麼推銷你的貨物。」

「陛下，小的不勝惶恐。」

商人從推車的商品中取出一枚別緻頂針，徐徐述說起上一個主人的事蹟，那是關於一名少女不可思議的輕柔初戀故事。商人說完，國王命令他爲其他商品做一番推銷。商人照辦，國王再次追問更多故事。最後，聽完所有故事的國王，心滿意足地笑了。

「非常精采。你爲什麼會來這個國家？」

「爲了搭上前往故鄉的船。」

「搭船？」

「沒錯。我原本陪著伯父踏上行商之旅，不幸在秋末造訪的國度感染上流行病。伯父撒手人寰，我病了很久，花了不少錢財。加上動身晚，無法趕在冬天閉港前抵達這個國家。如今手頭要見底了。」望著滿車貨品，商人羞愧地垂下眼。「如您所見，我沒賣出半樣東西，不知如何是好。」

國王繼續追問：「你招攬生意的故事，有幾則是眞實的？」

「全是信口開河。若不修飾話語，做不了生意。」

大臣與官兵騷動起來。區區一介行商，竟敢若無其事地承認向國王撒謊。

商人平穩微笑。「陛下要聽的，是我販賣商品的方式。不過，若想追求眞相，我亦可道來。」

「不用。我喚你入宮是對你的聰明才智感興趣，我國國民買不起你的商品，但你依然吸引群眾。你想必明白爲何客人不會出手？」

「聽說去年冬天遇上了歉收。」

「正是如此。我國從前是貧窮漁村。人民靠捕魚賺錢，或製成魚乾以備冬季，勉強度日。然而，村落逐漸擴大爲城鎮，建設起都城，人口隨之增加。目前貿易所得，全用在冬季進口糧食。這幾年甚至連負擔都成問題，王宮的黃金日益減少。」

國王深深嘆氣。

「我曾招募有識之士，尋求建議。然而自告奮勇而來的人們，個個都是拿我錢財花天酒地就逃之夭夭的廢物。學者、政客與占卜師都不可靠。這樣下去，再一次碰上歉收的冬天，我國恐怕無以爲繼。」

「貴國不考慮從這片土地移居嗎？」

「這從未成爲選項。成本太高，地點也沒有著落。」

沉默片刻，商人開口。

「我有樣物品想請陛下過目。」

商人從推車底下拿出老舊麻袋，打開袋口。他從中取出凹凸不平的褐色物品。那就像樹根膨脹的歪扭球體，只見附著其上的塵土散落在地。

國王蹙眉，「那是什麼？難道是樹根嗎？」

「這是叫做馬鈴薯的南國植物，在貧瘠的土地上也能生長。可去皮燒烤，也可水煮食用。有些國家當成主食。這種植物很好種植，切成小塊種下，莖就會在土壤裡長成渾圓肥厚的塊狀，即可再次收穫。陛下，要不要在全國種植看看？」

「要花多久收成？」

「收成大概得花四個月。若成功在夏天推廣，就趕得上今年冬季。」

國王面有難色。要將馬鈴薯推廣至全國，需要先從南國弄來相當分量。而且在收成前，須等四個月左右。考慮到投入的金錢與時間，一旦失敗將付出巨大代價。商人說服猶豫的國王，可以請王國的御廚試著烹調馬鈴薯。

這一招非常有效。

「畢竟是第一次接觸到的食材，小的無法保證會有好表現。」

主廚在進廚房前態度保守，然而之後也滿臉笑容地領著試毒人送上餐點。

商人愉快地望著國王在試吃後露出驚異的神情。

「這種農作物還眞是美味，務必推廣至全國上下。」

國王命令商人滯留國內，擔任輔佐。

「你需要多少錢，我都出。待我國富足之際，將給你更多賞賜。」

「感謝陛下。」

數月後，國王向全國下達鼓勵種植馬鈴薯的詔令。他向人民分發馬鈴薯，教導種植方式。但依然無法成功普及農作物，原因有數個。

要從南國輸入大量的馬鈴薯，就必須仰賴船運。國王準備好且宣布的時候，季節已到初夏，剛好在捕魚旺季。見到陳列在市場上的新鮮漁獲，樂觀的人們忘了冬天的困苦。只因外表難以入目，他們就輕易丟掉馬鈴薯，還有不少人痛罵國王竟然要人民吃樹根。

另一方面，腳踏實地的人也不想種植馬鈴薯。他們過度恐懼凜冬，放棄耕種收成欠佳的田地，選擇傳統捕魚與晒製魚乾，屯糧過冬。尤其，思量過國王徵詢的有識之士失敗過多少次，他們更覺得這次也不會成功，連嘗試都不願意。

國王又找上商人商量。

「大臣建議制定法律，嚴懲不肯種植馬鈴薯的人。這個方案你覺得如何？」

「陛下，把這當成最後手段。我有更好的點子。」商人微笑。「首先請陛下修改詔令，禁止眾人種植馬鈴薯，也命令人們歸還手上的馬鈴薯。接著偷偷在靠近王宮城牆的區域，圍出一塊田地蓋住，並且在裡頭種植。請白天派人監視，不讓任何人靠近，太陽下山後讓警衛離開。這麼一來，即可萬事如意。」

隔天新的詔令下達。國王遵循商人的建議整理田地，命人看守。來看熱鬧的人都被警衛趕跑了。馬鈴薯一種下去，立刻在人民之間蔚爲話題。

——聽說皇宮的田地種了那種農作物。跑去偷看還會被警衛趕走。

——既然會想跟人民討回來，那想必是什麼不得了的好東西。

——手邊還剩下丟在倉庫就忘了的馬鈴薯，我來種種看吧。

——不小心丟了，但我們也想要。

如何把馬鈴薯弄到手？人們小心審視，發現晚上不會有警衛站崗。某夜，不怕死的農民潛入田地，偷了馬鈴薯，避人耳目地悄悄種植。他觀察了一段時間，從沒有官兵前來捉捕小偷。

一旦有人開第一槍，之後等同順水推舟。人們接連盜走馬鈴薯。等到王宮倉庫裡的馬鈴薯逐漸被偷個精光，種植與食用的方式早傳遍全國上下。

國王大喜，傳喚商人。

「你立了大功。這下喪命飢荒的人民數量會減少。虧你想得到如此妙計。」

「愈是禁忌的事情，愈能燃起人們的渴望。」商人簡短回答。

接下來，國王展開了徒具形式的馬鈴薯小偷搜索行動。人們全都故作無辜地推託，知道内情的士兵則裝作一無所知。眼見事態隨時可用找不到竊賊的名義落幕。夏天過去，秋天的步伐來到一半，搜查就要畫下句點。

沒想到出現出乎意料的狀況。

一名青年前來爲偷竊自首。

青年自稱業。

❀

「你的意思是我不知道眞相嗎？」基鐸一臉不服。

業咬下一口蘋果，以手背擦拭嘴角。

「誰知道呢。不提這件事了，你現在是在做什麼？」

「在附近餐館實習。」

「你煮的料理應該比你老闆的好吃吧。」

「那當然。但還是得從實習做起。規定就是這樣。」

「這種日子想必過得很無聊。」業流露出同情神色，繼續說道。「這樣如何？你有沒有興趣買下我要說的故事？這是我旅行時聽到的軼聞，關於影中人與匕首。類似童話寓言，你覺得無聊可以不付錢。反倒是我連你的酒錢一起買單，賠償你被占用的時間。這條件應該不壞？」

基鐸想了想，點頭同意。「好啊。聽起來我怎樣都不吃虧。」他喝下送來的酒，一解喉頭的渴，臉上自然湧現笑意。「話說在前頭，我可不會輕易上當。」

業將蘋果核丟在紙袋上，揉成一團推到桌子邊角說道。

「會不會上當，全看你了。」

影中人與匕首的故事 Ｉ

一般故事總是用很久很久以前來開頭，可惜我這是聽別人說的。搞不好事情是最近才發生，也可能完完全全是子虛烏有，你別計較太多。

有個富庶的國家，曾有一名來自異國的男人在那裡擔任印刷工過活。男人一踏上國土，就愛上了偶然在祭典見到的女人。她是一名有著褐色長髮的美女，生性不多話，但露出微笑時，就像花朵綻放一般照亮四周。

女人獨居。她的住所有扇大窗子，外頭放著一排開滿五顏六色鮮花的盆栽。從男人租屋處的窗戶望過去，也能見到女人的家。他們是隔一條路的對門鄰居。男人將愛意放在心裡，度過日日夜夜。

然而某天，他發現女人有個奉父母之命的未婚夫。她的獨居僅限於未婚夫入住前的短暫期間。未婚夫還是個有錢的貿易商。過著窮苦生活的男人心都碎了，喝酒澆愁。他是不懂玩樂之道的老實人，但受到打擊之後開始灌起酒來。

久違的酒精勁頭猛烈，荷包跟著消瘦不少。

爛醉的男人踏上歸途，突然注意到一個怪現象。

自己被月光照耀出的影子，動作竟比本人慢了幾秒。

他起初以爲是酒醉，但愈是仔細觀察，愈確定動作對不上。

男人盯著影子喝斥。

「你明明是我的影子，動作卻跟我不同，眞囂張。」

「對不起。動作一樣實在很吃力。您不會喝酒又硬喝，走起路來搖搖晃晃的，我眞的模仿不來。請您睜隻眼閉隻眼吧。」

影子無比愧疚地答道。男人嚇得酒都醒了。

接著，他目不轉睛盯著影子看。影子連忙動作，只是慢過一次拍子，再次配合主人動作就得費點工夫。等兩人的動作從頭到腳一致時，男人已經不再懷疑。

「難以置信。影子居然有自己的想法。」

「有自己想法的影子應該很稀有。只是我沒跟別的影子交談過。大家把模仿人類視爲理所當然，都忘了用自己的腦袋思考。」

「你至今以來一直都在模仿我。那你也沒說過半句話啊。」

「那是因爲我認爲影子就該認分，乖乖閉上嘴。」

「這麼說來，我做過的事你全都看到了。」

「也不到全部。您閱讀的時候，我只能打開不可能有字的漆黑書本，也感覺不到觸感及重量。」

影子用漆黑細長的手指，做出翻頁的動作。

「我的腿也跟您的腿緊緊相連，除非您跳起來，不然絕不分離。只有籠罩在更巨大的陰影裡頭，我才能自由活動。不過，處在一個連自己與周圍環境的邊界都模糊不清的地方，能做的事是少得可憐。」

男人同情起影子。「這種生活還眞不方便。」

「是啊，了無新意的無聊生活。」

「我也差不多，天天做無聊工作、領微薄薪資，回到家思念高不可攀的女人。」

「您那份工作，就足夠讓我羨慕至極。您可以聞著墨水與紙張的氣味，望著書籍裝幀、操作印刷機對不對？您剛剛提到的女人是對門的女性吧。她有著楚楚可憐的樣貌，在祭典上跳的舞也很動人。」

「你別連喜歡的類型都學我。不過我倒是很樂意讓你代替我工作。」

「好主意。這下我們都能獲得幸福。」

開始偷偷摸摸交談後，男人跟影子逐漸拉近距離。

男人離鄉背井遠赴異國，卻在人際關係上受挫，沒有多少朋友。

影子很老實。男人藏在心裡不肯對他人吐露的眞心話，影子不作多想就說出口。畢竟從沒遇過需要說謊的場合，也不曾遭人欺騙，因此說起話來毫無顧忌。

男人跟影子聊天之後過了一個月，女人的未婚夫來了，兩人很快就舉辦婚禮。

隔著窗戶見到的女人，笑得一臉幸福。那副微笑總是對著她的丈夫。

男人再次踏進酒館，邊喝邊對影子發牢騷。起初還壓低聲音，隨著酒意更濃，不知不覺，聲量已經連周圍都聽得見。回過神，隔壁座位來了一個陌生客人。對方披著黑色大衣，樣貌陰沉，身材枯瘦，乾燥黝黑的皮膚龜裂如鱗片，看上去和蛇幾分相似。

「小哥，你能跟影子對話？」

蛇跟男人搭話。影子趕緊噤口不語，男人則連忙否認。

「你又不是在做壞事，有什麼好隱瞞的。跟影子聊天如何？有沒有有趣的事？」

男人試圖掩飾，但聽到蛇花言巧語的勸說，最後一五一十道出至今的事。

聽完原委，蛇啜飲一口酒，瞇起雙眼笑道。

「看來影子跟小哥你有相同身形，卻有不同人格。影子還嚮往起光明的世界。很不錯。這樣的話，我有件商品想讓你們瞧瞧。」

蛇翻找行李，取出一把匕首。抽開黑皮革刀鞘，烏黑透明的刀刃隨即閃現幽光。

「這是蒐集夜晚淚水打造而出的刀刃。我是販售違背世間常理商品的黑市商人。這件寶物可以切開影子跟人類本體。」

蛇這麼說完，用刀尖輕敲燈光照耀的地板，削去小塊，粉塵四散。蛇又對自己的影子擲出匕首，匕首竟然深深刺進木地板內裡，只剩下握把。

那樣子就像是刻意把影子釘在地上。

男人嘆爲觀止，眼珠直盯著匕首。

「要不要放你的影子自由？」蛇心滿意足地笑了。他撿起匕首，在男人耳邊低語。

「麻煩的差事全部丟給影子辦。影子自始至終服從你，很好使喚。」

男人喝了一口水，試著鎮定下來。他的影子動也不動地僵在地板。

蛇的側眼一瞥影子，乘勝追擊。

「不用擔心。人類的影子就是有樣學樣。他們具有精確模仿人類的習性。外表比你的雙胞胎更像你自己，只要你還活著，他就會跟你一同老去。」

「可是沒有影子不太方便吧？」

「這年頭滿街都是沒理性、沒道德，甚至沒人性的傢伙。沒有影子也算不了什麼。」

「有道理。你也許是對的。要給多少錢，你才會把匕首賣給我？」

「天價，因為這是世上絕無僅有的珍品，不過如果是幫你切開影子這種小事，三十枚銀幣就好。」

男人付了錢，請蛇到自家切開影子。

黑漆漆的影子一離開男人的身體，馬上立足地面，換上一身色彩。他的外表跟男人一模一樣。成功進入光明世界，影中人喜出望外，反覆跟男人道謝。

男人失去了影子，而影中人當然也沒有影子。

最初，兩人吃上苦頭，因為少了影子的模樣比想像中還更突兀。他們極力避免在影子拉得特別長的時段外出。好險沒什麼人會特別檢查別人腳底有沒有黑影。男人仰仗人們的漠不關心繼續生活。

影中人就像個孩子，對任何事物都深感興趣。他為第一次閱讀的書籍動容，一頭栽進閱讀識字；前往市場散步的那日，他口沫橫飛地向男人訴說攤商陳列的鮮果多麼五彩繽紛，毛織品多麼細膩柔滑，香水多麼芬芳宜人。影中人嗜吃，因爲可以同時享受色彩、香氣、滋味與口感。

等影中人累積了一定程度的常識，男人開始要求影中人代替自己工作。

影中人歡天喜地出門上班。這段期間，男人拉起厚重窗簾，悠悠哉哉窩在家裡。他閱讀無暇消化的成堆書籍、親自下廚、睡到太陽晒屁股，自由自在打發時間。他覺得這正是自己追求的生活。

然而這樣的日子過久了，也是會心生厭倦。

某天男人告訴影中人，今天換成自己親自上班。影中人沒有異議。男人到工作地點，向許久未見的同事打招呼。沒有任何人注意到他與影中人交換身分。男人很滿意，看來影中人扮演得很好。

他走向自己的位子，正要開始上工時，突然有人叫住他。

「難得你領子歪了。」

那是他從未交談過的同事。

男人順順領子，心裡不大對勁。

此後又有幾名同事向他搭話。

「你今天好安靜，是不是累了？」

「爲這種小事生氣，這可不像你。」

「這邊的流程改過了。用沒效率的舊方法處理，工作會做不完。話說回來，新方案不就是老兄你自己提出來的嗎？」

男人流了無數次冷汗，筋疲力竭踏上歸途。

他不經意察覺一件事。

影中人視服從人類爲天經地義。他很討人喜歡，理所當然能結交新朋友，風評不斷成長。影中人至今都在模仿主人，難怪他迅速熟練職場生活。更不要說他好奇心旺盛，又具備上進心。他不受習慣拘束也有行動力，腦中一旦浮現改良方案就會付諸嘗試。

男人心煩意亂。難道影中人比我還優秀？

他不願承認。

男人將眞心話深藏心底，要求影中人明天繼續代替他工作。

影中人爽快答應，不過提了一個條件。

「我也想買東西，可不可以分我一半薪水？」

男人回答他——應該說咆哮。

「我才不會給你半分銅錢！別忘了，你只不過是我的影子。」

✿

「抱歉中途打斷，能借我點火嗎？」

爲了避免聲音被酒館噪音蓋過，基鐸稍微提高音量詢問業。

業從大衣的衣襟掏出打火機遞給對方。

「你一個廚師怎麼能抽菸？味覺會變遲鈍喔。」

「沒差。反正我大概也不會進到需要細膩味覺的廚房工作。」

出火口似乎受潮，火沒有立刻點起來。

「你是想和我發這種老頭子似的牢騷，才來找我嗎？」

「別開玩笑了。不過，那場戰爭還眞的讓我老了三十歲。不是外表，是內心。業，你知道獲得永恆青春的方法嗎？」

業靈巧地挑起單邊眉頭。「難道你知道？」

「早死就好了，因爲死人不會老。」

基鐸終於點燃菸斗，口氣聽起來自暴自棄，又像是在譴責業。

眼見白煙升起，沒入酒館混濁的空氣裡頭。

「諾德國也是大爺你出生成長的故鄉，你應該有多得數不完的回憶才對。」

諾德國不為人知的真相 II

出乎意料的發展令國王苦惱，向商人求助。

「有人自首是馬鈴薯小偷。但我總不能懲罰他，該怎麼辦？」

商人請求國王給他一點時間。接著他追查自首青年的身家背景。青年是街上小工廠的繼承人。幸運的是工廠就位於王宮附近，商人前去拜訪，接應的是人稱廠長的老先生。

根據廠長說法，青年因拒絕繼承家業離開這個國家，卻在一年前悄然回國。而且不知道是否心境轉變，突然想繼承家業。青年的父親很高興，從部下中挑選老練的左右手，輔佐還不成熟的兒子。此人便是現在的廠長。青年的母親已經過世，父親在半年前歸天。

青年一口氣僱用新人，增加設備數量，擅自導入在異國學到的新技術，種種舉措招來老員工的反感。

「第二代的理想太高，小規模的地方工廠承擔不起。」廠長苦笑說道。

青年染指竊盜還出面自首，廠長有如晴天霹靂。

「畢竟前任老闆很照顧我。在第二代回來之前，我說什麼都得保住這間工廠。」

商人感謝廠長配合透露資訊，返回王宮。之後，國王立刻召喚商人來到大廳。

「我會在這個國家停留到明年初夏，確認春天種下的馬鈴薯生長狀況。離我走還有半年多，這段期間請繼續把那名青年關在王宮的牢裡。」

「果然還是得關下去啊。」

「這是不得已。另外，再讓他揹一點黑鍋。」

「什麼意思？」

「您覺得這樣宣布如何：前來自首的青年坦承偷了馬鈴薯。然而竊賊的私人物品裡沒見到馬鈴薯，說不定贓物已經散播至全國上下。若已經種下也是無可奈何，准許民眾照常採收。這樣民眾就可以更加光明正大種植馬鈴薯了。」

「原來如此，眞是妙計。」

國王聽從商人的提議。如此一來，青年儘管受到拘禁，但頂下的罪名超乎實際罪狀，反倒受到優遇。聽說青年負債，眾人爽快地爲他償清債務，設法保全回歸之道。這一切都在暗地裡進行，相關人士嚴守口風。

人民不只在不見光的後院，也開始在眾目睽睽的田地裡種植馬鈴薯。

初夏豔陽高照，就連這個寒冷國度，全國各地都能見到馬鈴薯的白花綻放。

約定之日，商人前去皇宮辭別，報告自己將離開諾德國。國王亟欲給予他諸多賞賜。

「我不能收。」

「別這麼說，不要客氣。」

「若您非送不可，請分送給國民。現在他們想必用得到。」

「這項寶物該由你收下。反正我的子民將會帶給我更多財富。」國王滿面春風。「我想讓我國更加富裕，就像山另一端的臧達爾國那樣。現階段我打算擴展領土、獲得更肥沃的土地，你覺得如何？」

商人臉色驟然一沉。「您是打算侵略外國嗎？」

「我尚在考慮，還沒拍板決定。」國王模稜兩可地回答。

商人臉色一變，即使受到官兵阻攔，仍衝到國王面前揚聲述說。

「我獻上這種作物是要拯救人們性命，不是讓他們送死。要是點燃戰火，將有遠比飢民更多的人爲此犧牲，也會有人失去家人。您難道有權奪走這些人民的幸福？陛下，您若是發起戰爭，我就要散播讓馬鈴薯全部枯萎的疾病再回去……不對，求您大發慈悲。小的不需要任何獎賞，只求您放棄戰爭，因爲戰爭而死的人民將遠勝現在拯救的飢民。」

語畢，商人恢復冷靜，爲自己的冒犯致歉。國王深受感動，請商人抬起頭。

「我都明白了，是我不對。」

「請千萬別選擇戰爭這條路。」

「好，這是當然。我答應你。」

商人終於露出笑容。此後，他再次鄭重謝絕國王下賜的獎賞。

這時，國王忽然想起一事，詢問商人。

「我完全忘了問你的名字。不——我可能問過卻忘了。再告訴我一次吧。」

「小的名叫斐伊。商人斐伊。」

「我會牢牢記住，此生絕不遺忘。」

道別過後，那頭飄逸的金髮旋即消失在門的另一端。緊接著，自首的青年被帶到國王面前。他有著一頭黑色鬈髮，右眼眼角下有顆淚痣。青年垂首跪下。

國王正要宣布釋放青年時，大臣上前來王座旁邊，悄悄進言。接著，押送青年的官兵告訴國王一件怪事。經過搜查，青年家的田裡沒有種植任何作物的跡象。保險起見，他們甚至挖開田地查看，還是沒找到任何東西。

國王驚訝地問：「你聲稱偷了馬鈴薯，難道是在說謊？」

「沒錯。」

大廳一片譁然。國王命眾人肅靜。等到周遭恢復沉默，國王開口。

「你爲何要做這種事？」

青年抬起臉回答。

「我的家業在走下坡，富商金主趁著我父親過世時抽斷銀根，客户紛紛離去，債務也害得我保不住工廠。就在此時，我聽說王宮田地種植外國作物，且到晚上就撤掉警衛，怎麼想都是歡迎人們來偷。只要用懷疑態度審視整起事件，就能輕易看破國王手腳。」

青年狂妄的口氣聽得大臣直皺眉，國王倒是催促他繼續解釋。

青年將手擱在胸口說道。「於是我想了想。我這個人沒錢、沒食物，也沒有賣得出去的商品，絕不可能熬得過冬天。我想到一個比偷馬鈴薯種植更實際的辦法。只要自首就行了。大牢遮風避雨且供有三餐。」

「但要是有個閃失，你說不定就會被處死。」

「國家不可能殺我。要是自首的人被處死的消息傳出去，人們說不定就會畏懼刑罰，放棄種植馬鈴薯。你們完備的計畫就會付諸流水。」

青年的話確實有理。然而，既然他如此聰明，理應想得到其他溫飽的辦法。國王又是佩服又有些傻眼，匆匆翻閱起沒認眞閱讀的青年調查資料。他的目光停留在職業一欄。

「你是軍火商人？」

「是的，我從事軍火商。雖然工廠製造武器販售，但眾人求溫飽就來不及了，武器毫無銷路。」

青年起身，以響亮而低沉的聲音陳訴。

「然而，這個國家會改變。我們再也不用將貿易利潤用來補貼冬天糧食進口。人民的生活會更寬裕。但這樣就滿足還太早了，我們應該追求更進一步的富裕。我也想幫助這個國家變得更豐饒。我願出借力量保衛人民及領土——或者奪取更肥沃的土地及勞力。」

大廳頓時鴉雀無聲。

國王輕咳一聲，接著開口。

「你究竟想表達什麼？」

「我想找個金主，陛下。要是您願意出資，我將誠心誠意服侍您。」

青年的雙眼蘊含著熊熊野心，直直盯著國王。

自首的青年獲釋了。出資一事，國王先行保留答案。

青年前往城門的期間，帶領的官兵不敢與他四目相接。一切的罪都由青年扛下，深知內情的官兵想必自覺理虧。青年詢問可否幫他招馬車，對方也立刻答應。

青年搭上馬車回到工廠。他告訴作業員自己獲釋的消息，還宣告不久後工廠會接到國王委託，屆時將有得忙。接著丟下目瞪口呆的員工，直奔回家。

他發現家門前停著一輛黑色的四頭馬車。經過旁邊，車廂的窗戶突然開啓，有人喊了他的名字。車內是臧達爾國的高級軍官。

他隱藏身分，沒穿軍服，不過確認四下無人後還是向青年敬禮。青年開門坐上對方身邊的位子，隨後馬車開動。

「虧你知道我的出獄日。王宮裡也安插好你的耳目了？」

軍官點頭承認。

「我國受到群山包圍，沒有港口，很想要諾德國這樣的沿海領地。然而基於他國外交，侵略這種手段不太討喜。要是能拉攏對方的權貴，設計他們主動發起攻勢，就能藉著保衛的名目開戰。好個妙計。」

軍官深吸菸斗，在車內揚起一團白霧，興味盎然地笑了。

青年闔上雙眼尋思起來，在山的彼端、規模與諾德國這邊不可相提並論的巨型工廠，映入他的眼底。

這時，軍官開口：「這個國家眞的會進攻我國嗎？」

「放心，我跟你保證。」青年打開窗户，望向王宮遠離的方向，喃喃說道。「畢竟愈是禁忌的事，愈能燃起人們的渴望。」

關於在我出生成長故鄉的回憶嗎——業複誦著對方的話語，聳聳肩膀。

基鐸將杯中物一飲而盡，搖搖酒瓶，驚訝地發現已經空了。他加點酒，伸手拍掉桌上的菸灰。

「看來大爺從當時就沒變過的事物不只有長相。沒問你的事，你就講得滔滔不絕，當別人眞的問問題，你又不肯老實回答。」

「你眞是千杯不醉。」

「身體習慣烈酒了，想醉也醉不倒。」

「當年的狂妄小鬼現在居然說出這種話。時光飛逝啊。」

業一笑，小酌幾口杯中冰塊已經融化的酒。

「從那件事之後已經過了八年，人總是會變的。」基鐸單手握著菸斗說道。「告訴我剛才那故事的後續。」

影中人與匕首的故事 II

隨著時光飛逝，影中人對人類行爲舉止的模仿愈來愈純熟。如今他不再具有影子慣有的低調。工作表現也很傑出，交給男人的薪水增加了，不過男人也無從追查影中人是否如實上繳全額；另一方面，男人變得沉默寡言，脾氣暴躁。有時親自工作時，也不得不向影中人討教工作內容與新流程。

影中人與男人偶爾會去找蛇。顧慮到旁人眼光，兩人不曾同時外出，但還是會互相告知對方交談的內容。蛇每晚都造訪酒館，在最深處座位獨飲。兩人向蛇傾訴不少關於對門女子的苦水，絕口不提用匕首分離人影那晚的事。

不知不覺間，影中人對男人說話的口吻失去了敬意。兩人爭吵次數逐日增加。男人後悔放影子自由。他望著不再與影子相連的腳邊感到恐懼，自己做出無可挽回的事。

過一陣子，影中人與男人開始不與對方分享跟蛇見面時聊的話。蛇應該察覺到了，卻沒說什麼，甚至幸災樂禍地樂見這樣的發展。

秋天來臨，成排樹木高掛果實。

影中人與男人照舊奇特的同居生活。

某一夜的晚餐時間，外頭傳來女人慘叫。影中人拉開窗簾，見到在室內燈光照耀下，對門窗戶映著被丈夫痛毆的女人身影。

「快拉上窗簾，如果鄰居見到有兩個長得一模一樣的人，我們就麻煩大了。」男人不耐煩地說。影中人毫不理會，凝視起窗外。

「怎麼回事？那男人爲什麼要打她？他不愛她了嗎？」

「聽說他名下商船在前些日子的暴風雨中沉了。之後整個人垮了，成了酒鬼。」

「又不是她的錯。」

「沒錯。他把她當成出氣筒。」

「開什麼玩笑，她太可憐了。那眞是個爛男人。」

男人不悅咂嘴，關上窗簾，將影中人從窗邊拉開。

此後幾乎每晚，都能見到女人丈夫施暴。

隔著窗戶見到的暴行，就像皮影戲。附近居民一定都察覺了。然而每個人都保持緘默，吝於幫助。大概怕受到連累。也可能女人長得太美，鄰居嫉妒已久。

一日，影中人下定決心，對男人抗議。

「你見到她被打，難道沒有任何感覺？」

「家家有本難念的經，這不是外人能干涉的事。」

「你別再自欺欺人了！不管是你還是我，長年來都一直注視著她。如果你沒想過要幫她，就太差勁了。」

男人聳聳肩，從廚房的櫥櫃拿出酒瓶，將琥珀色的液體注入杯中。「別搞不清楚狀況。你是我的影子，你只是把我對她的愛意當成自己的心情。」

「我沒有！」

「影子還談戀愛，我從沒見過這麼不知天高地厚的傢伙。」

影中人不發一語，整張臉因憤怒脹紅。

隔天下午，影中人裝病早退，造訪女人的家。

女人獨自在家，無預警上門的訪客讓她嚇了一跳。影中人隔著柵門對女子開口。

「我聽到慘叫，很擔心妳。妳丈夫是不是傷害妳？」

女子一聽，雙手摀臉，情緒潰堤地痛哭失聲。

影中人不知如何是好，但總不能讓女人暴露在左鄰右舍的目光之下，乾脆開門進入院子，牽著女人的手催促她進屋。

影中人將女人安置在客廳的長椅。女人哽咽地說起丈夫施虐過程。影中人費盡他所知的溫柔話語來安慰女人。過一段時間，女人終於冷靜下來，她感到不好意思地爲錯亂的行爲致歉。

「我來喝點小酒提提神，你要不要也來一杯？」

「我不太會喝酒，別顧慮我。」

「這樣的話，我們來喝茶吧。」

等待茶泡好，影中人透過客廳的大窗眺望外頭景色。院子圍欄的另一端，可以見到影中人與男人住處的窗戶。他們提防外人眼光，極少拉開窗簾，因此見不到室內。

碰撞聲響起，從廚房回來的女人將托盤端到茶几上。

「那是蘋果樹。還沒結出果實，很難辨認吧？畢竟樹才剛種不久。」

視線轉向庭院，只見一株纖弱小樹，在風中無助飄搖。

「希望快點結出蘋果。」

「是啊。不過我也喜歡它隨風搖曳枝葉的樣子。」

女人撩起秀髮，露出笑容。就連這樣的舉止也惹人憐愛，令影中人更是著迷。

影中人與女人相談甚歡。不知不覺，太陽早就下山，丈夫下班回家。

他發現妻子竟在出門期間放別的男人進門，暴跳如雷。他醋勁大發地斥責女人，並將手邊碰得到的東西全往影中人身上砸。

女人被丈夫拳打腳踢，哭喊著四處逃竄，悲鳴綿長響亮，夜夜見到的光景原封不動重現。目睹這一切的影中人，情急之下，拾起窗邊盆栽，用力砸往女人丈夫的腦門。

男人被痛擊，腳步一滑，頭部狠狠撞上櫥櫃邊角。而盆栽也從影中人用力過猛的手中脫落，摔落地面，發出巨響碎裂一地。男人倒落在地，雙眼圓瞪，抽搐一會，最後動也不動。

影中人這才發現自己做了無可挽回的事。

他不自覺看了一眼原來放置著盆栽的大窗戶。細薄的蕾絲窗簾並未拉上。

說不定有人目擊到了。

對面屋子的窗戶依然緊閉。見到這幅光景，影中人突然回過神。

他面前的窗邊有一面收起的厚重窗簾。這窗簾用來遮光，布料厚實。

「妳為什麼沒拉上這面窗簾？」

聽到影中人的疑問，女人臉不紅氣不喘答道。

「拉上窗簾，豈不就無法讓你見到我每晚被丈夫痛打的模樣了？」

女人又說：你在祭典上一直盯著我對不對？我有時在窗邊澆花，也會感覺到視線。你生活規律，不像有伴侶，我猜想如果你對我一往情深，總有一天無法袖手旁觀。

她對呆立的影中人露出甜美微笑。

「對不起。比起愛，我更想要錢。」

女人扣在背後的手，藏了一把失去使用機會的細長小刀。

影中人一句話都說不出來。

受騙確實讓他心中生出怒火。然而，影中人不忍心對眼前女人出手。他還是對她懷有情意，事到如今，他確定這份愛情絕非錯覺。就算影子愛上人類是多麼不知天高地厚。

但是，女人算錯一點。如果影中人不存在，女人的計畫就會失敗。因爲那名態度姑息的印刷工只會編造藉口自我說服，早早放棄行動。

影中人離開女人的家。他不躲也不藏，因爲沒有必要。

他一如往常回到家中，就像下班返家。

深夜，男人入眠，影中人便銷聲匿跡。

隔天清早，一無所知的男人被官兵的敲門聲叫醒。

「對面那戶的家主昨天被謀殺了。我們接獲目擊情報，要來逮捕你。」

這是晴天霹靂的消息，而且影中人消失了。男人拚命辯解。

「不是我。我沒有殺人。這是誤會，拜託聽我解釋。」

官兵沒理會男人的辯解，蹲下身子在玄關撿起某樣物品。那是沾著土壤的陶器碎片，顏色就像盆栽碎片。

男人頓時領悟那是對自己不利的物證。無庸置疑，那就是影中人嫁禍男人，刻意遺留的物品。

官兵破口大罵。「少滿口謊言了。都找到凶器的碎片了，你還打算裝傻？那女人眞是可憐，強忍著淚水告發你這個眞凶。她說有個男人謊稱是她先生的生意伙伴，對她糾纏不休，最後還打死了出手阻止的先生。也有人目擊你逃出她家。你倒是挺氣定神閒啊。告訴你，隔壁的太太也作證了，她透過窗簾見到死者在窗戶另一端倒下的身影。」

「身影？」男人喃喃自語。

「你殺害對門家主的時候，是不是舉起盆栽砸他？」官兵突然一問。

男人皺起眉頭，不解對方的問題。

「隔壁太太這麼說，他見到盆栽砸中死者和死者倒下的影子，卻沒見到凶手身影，所以不確定是不是你。不過，盆栽不可能自己飛起來砸在人家頭上。沒見到影子這回事，應該是她看錯了，只是我有點在意。」

聽到這裡，男人發狂大笑。

押送期間，他沒有停止大笑，嚷嚷著旁人一頭霧水的話語。

「當然見不到啦，誰叫我跟那小子都沒有影子，哈哈哈……混帳，我是無辜的！快去找那男人，我是說泡在酒館的蛇，那傢伙可以作證！人不是我殺的，是影子殺的！」

官兵爲求謹愼，派人前往酒館埋伏，卻沒見到披著黑大衣的男人蹤影。翻遍整座城市也沒找到蛛絲馬跡，既然對方是旅人，查出行蹤是難上加難。最後，官兵判斷無法證明這樣的人眞實存在。

男人因殺人罪判處死刑。據說，他到最後都不承認自己有罪。

✿

業閉上雙眼。

「故事到此為止。」

對面那桌賭局，不知何時已經散場。

基鐸捻熄菸斗的火，臉上浮現勝利的笑容。

「這個故事還有後續吧？」

諾德國不為人知的真相 Ⅲ

——偷走王宮田地馬鈴薯的竊賊自首了，聽說被關進地牢。我們說不定逃過一劫了。

當年秋天，全國人民都在討論這件事。

國王刻意讓農民偷走馬鈴薯，卻無法大聲張揚。王宮裡知悉來龍去脈的僅限於少數人，而他們也奉命保密。說起王宮中八卦雜談最熱絡的地方，就是貴婦們的更衣室以及王宮的廚房。

料理馬鈴薯的主廚，格外受到眾人矚目。

「說起來都要感謝我有雙雪亮眼睛，」主廚誇張地比手畫腳，一次又一次說著。「我第一眼見到它，就確定這種植物可以作成絕美佳肴，想必能令陛下滿意。」

在聊得熱鬧的廚師們身旁，一名歪著腦袋的少年側眼望著他們。

他是主廚的兒子，名叫基鐸。一頭長長紅髮綁成麻花辮，像尾巴般垂在身後。少年身手敏捷且古靈精怪，因此有個「貓」的綽號。他年紀輕輕卻手藝高明，也在廚房幫忙。大家都看好他會繼承父業，准許他自由出入。

基鐸認爲這一連串的事件有些古怪。民眾竊取王宮的馬鈴薯，這事已經受到默許，卻還要靠關押青年找台階下，他覺得這說不過去。

那名青年爲什麼特地自首？

基鐸四處打聽小道消息，仍然無法解答疑惑。

某天傍晚，基鐸溜出廚房。他帶上自己事先藏在儲藏庫的心愛肩包，靈巧來到地牢。他運氣不錯，獄卒是舊識，欠他一份人情。

他想與偷馬鈴薯的青年會面，獄卒勉強答應。

囚犯名叫業，關在最深處的單人房。

牢裡燈光昏暗，又充滿凝滯空氣。漫長石砌通路的兩端，是間間並排的鐵柵牢房。掛在牆上的小小火把，是不分晝夜的唯一照明。

四周鴉雀無聲，基鐸與獄卒的交談與腳步格外響亮。

「就在這前頭。拜託你千萬要保密。」

獄卒在轉角前止步，隨後匆忙沿著來路折返。

基鐸拐進轉角，站在單人房前。

囚犯坐在遠離鐵柵門的牆邊床架。低頭不知道在做什麼，仔細一看原來是在看書。

基鐸的臉龐感覺到微風流動，他四下張望，發現單人房天花板附近有個小小通風孔。即將沒入地平線的夕陽，穿過細密鐵網流洩地面。

其他牢房沒有採光窗，這間單人房空間也大上一倍。床板旁還有固定矮櫃。基鐸猜測這是關押高貴人士的單人房。違逆王命的青年居然享受特殊待遇，果然有內情。

難得有個通風孔，床卻放在照不到太陽的位置。

基鐸高舉提燈，照亮牢房。

「大爺，你就是傳聞那個自首偷馬鈴薯的人嗎？」

業將臉從閱讀中抬起。

「輕易放小孩子進來，好個警備鬆散的地牢。這國家還真和平。」

回應的嗓音低沉清晰，就像是個演員。但這句話惹毛了基鐸，他連忙回嘴。

「我可不是普通的小孩，我爸爸是這裡的主廚。」

「首席御廚的兒子就可以爲所欲爲？基鐸，你這種說法稱得上是理由嗎。」

「你怎麼知道我的名字？」

「提問的人可是我。」

業的視線再次垂落書本，翻頁聲響啪啦作響。

「好吧，那我告訴你，但別說出去喔。」

基鐸壓低聲音，從肩背包拿出深藍色信封。

「這裡的獄卒有個可愛的未婚妻。他派遣到這裡工作的兩年內都無法跟她見面。畢竟獄卒不能離開牢房。他拜託我至少幫他傳封信，我無法拒絕。」

「獄卒的情書嗎？有意思。上頭是不是寫了些這種事情：今年冬天嚴寒死了七名囚犯，這下米蟲減少了，眞幫了大忙。」

「你別亂說！當然是一般情侶的信件內容，像是祝妳十八歲生日快樂，一定變得更明豔動人了。」

基鐸小心翼翼收起信封，以免邊角摺到。

業不以爲然地嗤笑一聲。「你還眞清楚。」

「這是因爲……紙這種東西，只要對著光仔細看，就可以透視上頭的字。」

「你是喜歡偷看，才幫忙傳情書嗎？」

「才不是咧！獄卒說幫他送信可以拿三枚銅幣，有回信再給一枚銀幣。」

這樣啊。業興致缺缺地回應。他藏在黑影中，無法辨識臉上神情。不過帶刺的氛圍已消失無蹤。

基鐸看準時機，切入正題。

「我來這裡不是要聊這個，我是來問你一件事的。」

他盤腿坐在牢房前，將提燈放在身旁，直盯著業問道。

「爲什麼要自首？你應該知道，每個人都在偷馬鈴薯。只有大爺你一個人坐牢，不是很奇怪嗎？」

「你問錯人了吧？決定要不要坐牢的人可不是我。」

業似是而非地反唇相譏，啪地一聲闔上書。

「也罷，我閒得發慌。把你知道關於那個行商的事情，全都告訴我。假如你眞的是主廚兒子，那就好辦了。」

「『眞的』是什麼意思嘛。你不相信啊？」

「誰叫我無法證實呢。」業聳聳肩。

基鐸一五一十道出自己所知。商人是個怎樣的人，擺攤賣什麼東西，被召見時跟國王說了什麼，提出何種建議來推廣馬鈴薯。

初次烹煮馬鈴薯時，基鐸也待在廚房。那天的事就彷彿昨日，歷歷在目。他甚至利用主廚兒子的特權，偷偷試吃一點。能聊的事多得數不完。

大致解釋完畢，基鐸再次詢問。

「這下你還懷疑我嗎？」

「你聲稱是主廚的兒子，看來不是唬我的。」

「這還用說！我總有一天也會成爲主廚。不過那個行商還眞厲害。他看起來年紀跟我差不多，卻過著行遍天下的生活。」

「你雖然對有保障的未來感到自豪，卻也嚮往著城外的寬廣世界。」

冷不防被道破心聲，基鐸滿臉通紅。業輕巧挑起單眉，咧嘴笑了。

「你出一趟遠門吧。說要磨練廚藝，這理由應該過得去。」

「大爺說得簡單。這又不是突發奇想一兩天內就可以準備好動身的事。」

「哪裡不可以。只要一晚就夠了。」

「眞的嗎？」

「最快的方法，就是搶走已經踏上旅途的傢伙所有行李。這樣不麻煩也不花錢。」

基鐸放聲大笑。

業繼續道：「你用不著羨慕。那小子也沒有眞的行遍天下。」

基鐸的笑容突然消失了。之後，業不再開口。基鐸趕緊從肩背包中拿出酒瓶。那是上等蒸餾酒。能討好囚犯的物品不難想像。他特地從酒窖摸了一瓶，就是在等這種時候。

「快告訴我什麼意思。我不會要你做白工。」

「眞上道。」

業走下床架，來到鐵柵門旁。基鐸拔起瓶栓。對方指節結實的大手接過酒瓶，但手肘卻很纖細，瘦得足以穿過鐵柵門的縫隙。接著，業坐回床架。

「我是說，那名行商是個大騙子。」他握著瓶頸就口直飲，津津有味地灌起酒來，又說道。「要我說的話，這就是一場鬧劇。一般行商冬季都會到溫暖國度做生意。刻意在寒冬中北上，還說缺旅費，實在太可疑了。我不覺得這個人眞的是行商。」

「那你覺得他是什麼人？」

「我反過來問你，精品商人爲什麼要小心翼翼珍藏那種植物？」

基鐸依照記憶回答。

「他說是在旅途中得到，打算帶回故鄉種植。」

「精品商人說他在秋末感染流行病，因此來不及啓程是吧？他來不及在冬天封港前抵達這個國家，但考慮到他大病初癒又急著趕路，馬鈴薯不只重，還占空間，趕路時要減輕重量，首先要拋棄馬鈴薯才對。是可以拿來吃，但既然他籌不出旅費，怎麼就沒想過要賣？要追究下去，他來到這個國家時剛入春。不管馬鈴薯品相再差，既然能填飽肚子，應該還是找得到買家。」

「這樣就斷定他謊報身分還太早。」基鐸一時衝動反駁，他一邊講一邊想理由。「比方說，他忘記自己把馬鈴薯堆在貨物裡。他籌不出旅費，不可能買伴手禮，所以他可能是在生病前買進那批馬鈴薯。」

「聽起來很合理。假設你的推論正確，那就表示堂堂一國的首席御廚，竟敢將整個冬天都被忘在推車底部的食材，送進國王陛下的嘴裡。儘管是第一次接觸的農作物，要是有腐壞，御廚理當看得出來。」

基鐸吃驚得瞪大了眼。

在他的印象中，第一次烹煮馬鈴薯時並沒有腐壞。上頭布滿泥土，但沒有發芽，也沒有萎縮。證據就是當時的滋味，與後來王宮田地生產的馬鈴薯滋味別無二致。

去年冬天，附近有貿易往來的國家也遭逢歉收。

精品商人究竟在何時用什麼方法弄到馬鈴薯？

「你說他膚色白皙又留著金髮，他大概是山另一端的國民吧。尤其他聲稱要去港口搭船返鄉，應該就是避免讓人聯想起接壤的鄰國。如果是南方鄰國臧達爾，他們跟諾德沒有貿易往來，但位於可隨時往返的距離。」

業像是看穿了基鐸的心思，點破可能性。

基鐸想了又想，找不到論點反駁，便挑起毛病。

「你這不過就是推測。」

「是你自己想聽的。」

太陽下山，從單人房天窗望出去的夜空，出現閃閃發光的星點。

業在黑暗中，似乎笑了。

基鐸不平地噘嘴。他本是爲了消除疑惑而來，這下疑惑卻增加了。

他忽然察覺到一件事，業還沒回答一開始的問題。

基鐸高舉提燈照亮牢房，用另一隻手握住鐵柵門高聲逼問。

「告訴我，你到底爲什麼要自首？」

「你怎麼還不明白，我就跟假行商一樣。」

「假扮成行商跟自首入獄，我怎麼看都不像同一件事。」

「你腦袋眞差。」

業拎著酒瓶到鐵柵門旁，猝不及防抓住基鐸的手一把拉近，在他耳邊低語。

「——你該不會以爲我眞的偷了那些破玩意吧。」

鐵柵門發出喀鏘巨響，基鐸嚇得跳起來。

濃烈酒味竄入鼻尖。一看腳邊散落著破碎一地的玻璃。業的酒瓶掉落在地，摔破了。

「抱歉，手滑了一下。」

業毫不歉疚地說完，放開基鐸的手，再次回到單人房的深處。

怎麼了？耳邊傳來呼喚。是獄卒。地牢入口生鏽的鐵絞鏈摩擦聲跟著響起。獄卒的腳步愈來愈近。基鐸對著入口回應「沒事」，方才被抓的手腕還在發抖。胸口心臟激烈跳動，發出巨響。

剛才業站在身邊，氣息都會吐到身上。但他嘴裡沒酒味。他只是裝作自己喝了酒，說不定半滴沒沾。基鐸本來盤算灌醉業比較好套話，能讓他從實招來，然而對手魔高一丈。

「你說自己把信送到獄卒的未婚妻手上，這不是眞的。」

業的聲音迴盪地牢。

「信封顏色這麼深，就算舉到光源前也不可能看到內容。你講到情侶對話時，舉了十八歲生日當例子。正値青春年華的十六歲少女，眞有可能痴痴守候赴任獄卒的情人整整兩年嗎？更不要說任期不知道何年何月才滿。就算她眞心不改，父母與親戚恐怕不會贊成。你早在送第一封信時就知道了。獄卒的未婚妻已經——」

「閉嘴！」

基鐸感到毛骨悚然，破口大叫。

但就算想堵住他的嘴，囚犯也受到了鐵籠的保護。

業對怒吼充耳不聞，繼續說道。

「不對，應該說是與獄卒互許終身的少女……已經跟別的男人結婚了。」

提燈的火光在風中搖曳。

「她爲活在黑暗之中的獄卒帶來希望之光。你不忍熄滅，所以僞造了接下來的情書。我說得沒錯吧，基鐸？」

飛奔而來的獄卒腳步聲，在基鐸的身後停下。

幾天後的下午，基鐸拜訪了商人投宿的旅社。

旅社坐落山丘。基鐸踏進的客房很明亮，透過小窗可將都城風光盡收眼底。

商人自稱斐伊。

基鐸照實轉述地牢內業的推測。

斐伊一語不發聽完，最後開口：「其實你可以這麼猜想——沒錯，我跟行商伯父一起旅行是假的，事實上我是跟父親吵架而負氣出走。衝動離家，所以根本管不著北國入冬。

不過，我不想在陛下面前提起家醜，因此情急說謊。」

「聽起來挺像一回事，但沒有意思。」

斐伊微笑。「你眞是誠實。話說回來，我聽得出來爲什麼業知道你的名字。」

「咦？」

「諾德城地牢很安靜。你前往業單人房的路上，還跟認識的獄卒聊天。是這樣對吧，基鐸？」

「對。」

「剛剛那段話就是答案。」

基鐸一臉詫異。他反芻斐伊的話語，啊一聲恍然大悟。對話中，獄卒不經意叫了基鐸的名字。業就是聽到這段話。

一旦想通，就發現眞相多麼單純。

「你臉上寫著爲什麼自己都沒有發現。腦袋靈光的商人，也很擅長用三寸之舌糊弄別人。業想必也是有本事的騙子。不過眞是敗給了他，每件事都被他說中了。」

斐伊這麼乾脆就承認自己說謊，反倒打亂了基鐸的步調。

「你就這樣承認了？我說不定會四處散播你滿口謊言的事啊。」

「是啊，但我相信你不會。」

基鐸不知怎麼回答。斐伊如果懷疑自己，他會生氣。但第一次見面的人突然這麼信賴自己，也讓人無所適從。

「你爲什麼要說謊？」

「我在這裡做的事，要是被故國知道就糟糕了。說不定會爲我的家人、甚至這個國家的人民帶來麻煩。」

「這樣啊。那你爲什麼要假扮成行商？」

「因爲這一行的人把南國農作物帶在身上也很合理。」斐伊簡短答完，似乎又覺得這樣解釋還不足，補述：「我在初春來到這個國家，是因爲我認爲這時間最適合說服陛下推廣馬鈴薯。你想想看，在全國糧荒的寒冬當下，不可能成功推廣要栽種四個月才能收成的農作物，畢竟派不上用場。夏天是人們危機意識最薄弱的時刻。而從秋天開始準備，也趕不上冬天。」

基鐸心服口服地點頭。

斐伊的謊言需要準備時間。要假扮行商，得先打點門面，學起行爲舉止，弄來遙遠異國的商品，還得湊齊經費。有餘裕如此費工又砸這麼多錢，追根究柢，斐伊應該原先就過著富裕的生活。

「爲什麼你特地跑來鄰國推廣馬鈴薯？」

「當時諾德的國王陛下最深刻的困擾，應該就是國民沒飯吃吧？」

「是啊。」

「我認爲解決這個問題，是取得陛下信賴最好的辦法。」

答案出乎意料，基鐸目不轉睛盯著斐伊。

斐伊的表情認眞無比。

「……原來你的目的不是拯救挨餓受苦的人們。」基鐸喃喃說道。

斐伊視線轉向小窗。宛如黃金紗線的髮絲，在午後陽光照射下熠熠生輝。

小窗底下無邊無際的景致，有都城，有居民，有田園，有大海。

「陛下大概以爲我是浮雲遊子，跟我說了心底話。在接受諮詢時，我深深明白陛下不僅崇尚和平，還將人民的幸福放第一。我的憂慮是白擔心一場。」

斐伊望著景色，炫目地瞇起眼。

「……這個國家很美，我生活已久的國家也很美。雙方各有各的魅力，雙邊國民各有各的生活。沒必要勉強合併。」

山丘上的鐘塔響起報時聲。

斐伊提議喝個下午茶。基鐸介紹了旅社附近的愛店。那是間小巧可愛的店，白天賣花茶與常溫甜點，晚上供應酒與下酒菜，很受王城年輕人歡迎。

進了店門，與基鐸熟識的女老闆韻娜從内場跑出來歡迎兩人。

「嗨，基鐸。今天種子蛋糕還有喔……哎呀，是生面孔呢。」

「他叫斐伊，是外國來的商人。」

聽了基鐸的介紹，女老闆瞪大眼睛。

「眞是驚人。你就是初春來到這個國家的小哥吧？聽説你口才很好。現在完全聽不到你的傳聞了，你不做生意了嗎？」

「是啊，我的銷售話術受到好評，現在是不成材的説書人。」斐伊輕輕帶過。

不錯呀。女老闆開朗回應，點完餐又回到内場。

兩人喝著送上來的花茶，嚼起種子蛋糕，大聊無關緊要的瑣事。回去的時候約好下次見面。斐伊似乎也很中意這家店，此後好幾次都選在這家店碰面。

冬天造訪，春天過去，時序迎來初夏，斐伊離開這個國家的日子來臨了。

女老闆送了綜合常溫點心爲他餞行。斐伊感謝地收禮，承諾來日要是再來這個國家，一定造訪這家店。

基鐸來到碼頭，爲斐伊送行。

船班即將出航，兩人在興奮雀躍的乘客喧擾下完成道別。

「你明明是拯救諾德脱離飢餓的英雄，王宮外的人卻都不知道。」

「我不是英雄。我是讓全國人民揹負違逆君命與竊盜之罪的大騙子。」

斐伊露出微笑，離開了極北之地。

❀

窗外夜幕降臨。酒館客人增加不少，變得更吵鬧。

「可憐的印刷工被處死了。死人的人生是沒有後續的。」業頓了一下，接著說道。

「假如你覺得故事很無聊，我會按照約定出酒錢。」

「不，夠有意思了，只是不打算出錢買。這不是你在旅行時聽到的吧。那個影中人與匕首的故事，絕不是憑空杜撰。」

基鐸將杯中物一飲而盡。第二瓶酒也空了。他站起身，直盯著業如此斷定。

「我差不多該回去了。話說回來，你何時才願意讓我的影子自由？這樣我豈不是沒辦法回去。」

業的視線轉向地面。

漆黑刀鋒的匕首，深深刺進基鐸的影子。匕首將影子牢牢釘在地板。

那正是業弄掉後就擺著不管的匕首。

「這個啊。抱歉，我沒注意到。」

業彎下腰拔起匕首，指尖隨手掃過刀面。黑曜石的刀身散發出幽光。

基鐸瞇起雙眼，像是逮住獵物而心滿意足的貓。

「我可不會像八年前一樣，這次是我贏了……你想偷走我的影子卻失敗了吧？蛇——黑市商人大哥。」

身穿黑色大衣的男人將匕首收進黑皮革刀鞘，插在腰間。

業的嘴角，浮現隱約笑意。「基鐸，你忘了嗎？我八年前告訴過你。」

「咦？」

「想在一夜之間爲長途旅行做好準備，該怎麼做？」

基鐸想不起來。腦袋深處總覺得哪個地方有蹊蹺。

業在桌上丟下銀幣，扛起行囊離席。

他在經過基鐸時跟他咬了耳朵。

「蛇已經死了，被影中人做掉的。」

業走向酒館門口。店員請他留步付款，他指了指基鐸的桌子，接著就走出店門。

掛在招牌上的鈴鐺搖晃起來，發出刺耳聲響。

基鐸正要撿起業留下的銀幣，忽然停下動作。

八年前在單人牢房的對話浮上腦海。他震撼得雙眼圓瞪，連忙追趕業。

——最快的方法，就是搶走已經踏上旅途的傢伙所有行李。這樣不麻煩也不花錢。

基鐸走出店外幾步，駐足不前。

他停在沒有月光的城市一隅，迷宮般曲折複雜的小巷。

業放聲高笑，邁步踏入街燈的光輝，步伐鄭重宛如演員登臺。

他的腳下沒有影子。

蛇穿著黑色大衣、帶著切割影子的匕首。據說官兵怎麼找都找不到蛇。那是因爲蛇遇害了。而影中人拿走了蛇的所有東西——

基鐸想起地牢裡的景象。業單人房的床架，放在牢房內部暗處。那無庸置疑是想避開從天花板通風口灑落的日光。他極少走來鐵柵門旁邊，也是在提防基鐸提燈的光芒。

又敗給他了。基鐸不甘咬牙。他處心積慮戒備，卻還是被業看穿思路，被他牽著鼻子走。就跟八年前沒有兩樣。

業像是融於黑暗，身影消失暗巷。

基鐸深深嘆了口氣。

他茫然望向自己的影子——一個假設閃過腦海，令他毛骨悚然。

蹊蹺是打哪來的？自己對業說了什麼話？

——在那之後都過了八年，大爺你一點也沒變。

——業，你知道獲得永恆青春的方法嗎？

——死人不會老。

影子會模仿主人持續改變外型。影中人陷害男人，代替自己站上刑場。打從失去主人的那刻，影子的時間停滯了。失去模仿對象的影子不會變老——不知道怎麼變老。

爲了以人類身分活下去，業必須抹煞過去。

因此，他毀滅了出生的故鄉諾德國。

想要以人類身分在人世中存活，就必須持續抹消與他走近的熟人或紀錄。這是害死主人的影子所揹負的業障。

若是這樣的話，他爲何要跟基鐸提起自己的過去？

業一句話不經意閃過腦海。

——在這個國家，這種程度的騙局愈來愈多了……

領悟的那刻，基鐸使盡吃奶力氣狂奔。他必須盡快逃離那家酒館。

背後傳來店員的叫聲。他不顧一切奔逃。

儘管聽故事聽得入迷沒檢查過，但想必錯不了。

業拿來付款的銀幣應該是僞幣。

基鐸跑著跑著來到廣場。上氣不接下氣，酒力令他步履蹣跚。他停下腳步，手撐在牆壁。沒聽到追趕而來的聲響。

他感覺到人的動靜而抬起頭，身旁站著一名杏眼女孩。

基鐸向她招招手。

「妳有沒有水？」

女孩搖搖頭。

「我只有蘋果。我不是賣水的。要不要我幫你找人來？」

「沒關係，蘋果就好。」

她要是找人來就麻煩了。蘋果一顆不過就幾枚銅幣。如果這樣就能安撫女孩，買一顆也不要緊。

女孩遞出蘋果。

「請用。」

「謝啦。話說小姐妳這麼晚了還得叫賣，眞是辛苦。」

「不會辛苦的，這是做好玩的。我家有錢得很，其實不用工作，可是我一直想賣賣看蘋果。這是我家院子裡的蘋果。」

女孩捧著的籃子裡，放了某樣不是蘋果的東西。

「裡面裝了什麼？」

基鐸一問，女孩就向他展示。她拿出一個小小的盆栽。

「剛才外國來的客人拜託我幫他買個盆栽帶回家。聽說他是媽媽的朋友。他說他弄壞過我家一個盆栽。我跟他說沒問題，他就給了我好多錢。」

女孩開開心心說道。常有人說我跟媽媽是一個模子印出來的。那位客人也說他一眼就認出來了。他說原本是來見我媽媽的，但他事情辦完，改變主意了。他其實可以來我家作客，可惜他連名字都不肯說。我想他一定是個臉皮很薄的人。

「因爲他跟我說：千萬別告訴妳母親，是什麼樣的男人給妳錢，叫妳買新盆栽。」

女孩懷裡的籃中，熟透的蘋果正閃著紅澄澄的光芒。

獻給孩子的歌

艾蜜莉雅的腰間浸入河中，神色恍惚地望著水中映月。

這條河的河面一遠離岸邊，河床就像缺底，陡然變深。淺灘與深淵劇烈落差，不少不清楚這件事的外地人騎馬過河，不幸成爲水中冤魂。

艾蜜莉雅再次朝水的深處邁進一步。

一道沉穩的聲音響起。

「三更半夜的，在河邊玩水？」

聲音來得突然，艾蜜莉雅回頭一望，很快找到聲源。河岸立著一名陌生的男性旅人，正高舉提燈。

「很抱歉，嚇到妳了。恕我多管閒事，建議妳還是等太陽出來。靠著冰冷月光，也沒辦法烘乾浸溼的衣服吧？」

男人步入河中，發出嘩啦啦水聲。艾蜜莉雅渾身一僵。

不等艾蜜莉雅回話，對方逕自說下去。

「底部很深的河川，水流表面總是很平靜，難以讓身子任波逐流。妳若是沒繫上重物，即使走到淹沒頭頂的深度，也很難完全沉入水中。」

艾蜜莉雅猶豫不決，兩人在這段期間的距離，轉眼就被從岸邊走來的男人縮短。

男人伸出白皙的手。「一起回岸邊如何？」

提燈的火光，照亮了男人的臉龐。他的及肩長髮如黃金紗線般閃耀，那張依然帶著青少年氣質的臉上，藍眼睛正蕩漾著笑意。

艾蜜莉雅點點頭。

上岸後，男人從行囊取出火柴盒，熟練生火。艾蜜莉雅在火堆旁邊坐下，她脫下鞋子倒放，清出積水。擰緊過膝的胭脂紅裙，水珠就滴答滴答落下。

男人在艾蜜莉雅斜對角就坐，將皮袋中的酒倒進木製容器。

「喜歡葡萄酒嗎？」

艾蜜莉雅點頭接過容器。她空出來的手撿起樹枝，避開腳邊砂石，在地上寫字。

謝謝。

當男人讀起文字，艾蜜莉雅又以樹枝寫下。

我沒辦法說話。

「原來是這樣。」

艾蜜莉雅抬起頭，意外地眨眨眼。男人的語氣聽起來沒有膚淺的同情，也不帶輕蔑。

「妳是天生就無法說話嗎？」

聽了男人的問題，艾蜜莉雅搖頭否認。

不是。我曾經是歌手。我在鎮上廣場的角落，每唱完一首歌就邀請聽眾打賞一枚銅幣。我收過裝滿了整個帽子的錢幣。

「這麼說來，妳有過一副好嗓子呢。」

沒這麼厲害。

「太謙虛了。」

是眞的。不過我喜歡唱歌。世上沒有比用自己聲音唱歌更令人喜悅的事了。

男人讀完地上文字，盯著艾蜜莉雅，催促她寫下去。

艾蜜莉雅環視四周，將寫下的字全部抹掉。

——她是在擔心剛才的問答算不算違反契約。

有個簡單的方法可以確認契約是否仍有效。只要打賭就行，而且是毫無勝算的賭注。

話說回來，我忘了問你的名字。

「是我疏忽了，我叫……」

艾蜜莉雅伸手制止打算自報名號的男人。

來賭賭看我猜不猜得到你的名字吧？

「妳想跟我打賭？」

艾蜜莉雅露出勉強的笑意，指向插在男人腰間的短劍。

沒錯。我賭贏了，就給我那把短劍。

男人皺起眉頭，一臉傷腦筋的樣子。

「我個人不太喜歡這類遊戲。」

艾蜜莉雅對這樣的反應已是司空見慣。只有少數人敢正大光明宣稱自己熱愛賭博。光是沒有當下拒絕，就足以認爲對方對賭局感興趣。

不出所料，男人還是應允賭約了。

「妳特地提出來，拒絕就太不識趣了。那就來賭。」

這才上道。我跟你賭一枚銀幣？

「要是我贏了，妳可以答應我再也不會做傻事嗎？」

艾蜜莉雅瞠目結舌。諸如金幣、銀幣、寶石、鏡子、食物、衣服，甚至一夜棲身之處，任何在她支配之下的東西，都曾被艾蜜莉雅拿來當賭注——但這是她第一次遇上自己絕不吃虧的條件的賭局。

可以。我們握手成交。

兩人握手，賭局成立。

艾蜜莉雅垂眼，在地面寫上文字。

你的名字是斐伊·克洛亞。

艾蜜莉雅將目光從地面上抬起來。

男人——斐伊微笑，點頭承認。他將短劍擱在艾蜜莉雅面前。

「妳叫什麼名字？」

艾蜜莉雅。

「眞是好聽的名字，艾蜜莉雅。」

艾蜜莉雅臉紅起來。自己的情人不懂甜言蜜語，她與這種肉麻的美言無緣。

斐伊高舉葡萄酒皮袋，作勢乾杯後對口喝下。突如其來的後勁沒沖昏神智，反而令那雙眼睛更加有神。名字就這樣被猜中了，斐伊不怎麼驚訝——就像他早明白艾蜜莉雅會寫出正確答案。

斐伊恐怕已有耳聞，在這附近的鎭上，有個無賭不勝的女人。

接下來才是問題所在。這個男人在打什麼主意？

火堆嗶剝作響，零星火光點點迸出。

❀

懂事以來，艾蜜莉雅就跟父親相依爲命。

艾蜜莉雅的父親是個熱愛賭博的酒鬼。

身上的錢，全成了賭金一去不回。父親喝起酒，就會出手闊綽，即使荷包乾癟，仍不顧前後投入賭局。每次下場都很慘烈，甚至賠上住處，被人家掃地出門。

即使如此，艾蜜莉雅還是依戀著父親，父親也很疼愛艾蜜莉雅。

艾蜜莉雅一無所知關於生母的事。每次問起母親，父親總會岔開話題。

只有一次，父親聽到艾蜜莉雅無意間哼起的旋律，不經意鬆了口風。

「妳居然還記得這首歌，這是妳母親為妳編撰的搖籃曲。」

此後，艾蜜莉雅的最愛就是唱歌。

她也喜歡聽歌，聽過一次就絕不會忘記。她不只精準重現聽過的歌曲，也能靈活變奏演出。無論是勤勞婦女在井邊高唱的民謠、酒館醉客輕哼的故鄉小調，或是吟遊詩人的敘事歌曲，艾蜜莉雅全一視同仁收藏進記憶。

她從七歲開始就在街角或酒館演唱，賺取日用。

小女孩清澈的歌聲，打動了聽眾的心。他們也愛她多樣的曲目。與父親兩人漫無目的放浪日子，茁壯了艾蜜莉雅的歌手生涯。

艾蜜莉雅的收入逐漸增加，然而交給父親的錢大半都無法迎接隔日太陽，便消失在酒館的賭局。兩人就靠所剩不多的餘額勉強度日。

艾蜜莉雅十五歲那年的春天，父親在一場賭局輸個精光。

那天有許多大方的聽眾，唱得愈多就能拿到愈多銅幣。艾蜜莉雅抱著沉甸甸的帽子前往父親常待的酒館，聽到父親的賭注時，整個人都呆住了。

散盡手頭金錢，輸光身上物品的父親，最後以自身爲賭注。

這已非整個帽子的銅幣能買回。

跟父親對賭的人用充血雙眼上下打量艾蜜莉雅，露出狡詐笑容。

「既然你拿自己當賭注，這小女孩自然會是我的東西了吧？」

「開什麼玩笑！我可不記得有拿自己的女兒當押注！」

男人握拳重搥桌面，踹開椅子起身。

「你說什麼？你敢用這種口氣對我說話？」

「非、非常抱歉，請你息怒。可是這跟艾蜜莉雅無關。」

「只要老兄你付清欠我的錢，我就把女兒還給你。」

父親與男人開始爭吵。艾蜜莉雅畏懼不已，逃離現場。

不知所措的艾蜜莉雅蹲在酒館後門，壓低聲音哭泣。

狹窄暗巷上方的天空，同樣高掛著月亮。

明亮的光輝就宛如金幣。

如果滿月是金幣，就可以從空中一把摘下，換回父親自由。即使會讓夜晚更顯晦暗，她依然在所不惜。

忽然，近處有人的氣息。

不知道什麼時候，冒出一名彎腰駝背、滿臉皺紋的老婦人，她詫異地望著艾蜜莉雅。

妳怎麼在哭呢？老婦人問道。

艾蜜莉雅擦擦濡溼的眼睛，向老婦人道出原委。她無法不找個人傾訴自己不幸的身世。一旦開口，原本深藏心底的話語，便如洪水潰堤般無止境湧出。吐完苦水，稍微冷靜下來。艾蜜莉雅起身對老婦人低頭致謝。

「謝謝妳聽我抱怨。我很擔心父親，要回店裡了。」

「別急著走。我說不定有辦法幫助妳。」

艾蜜莉雅目不轉睛盯著老婦人。老婦人看上去就是個窮酸樣，怎麼看都不像富有到能夠贖回父親。

老婦人的栗色眼眸回盯著艾蜜莉雅。

「賭博輸掉的東西，妳再靠賭博拿回來就行了。」

「我很想拿回來，可是辦不到。」

「只要妳願意，就辦得到。」

老婦人伸出指節嶙峋的手，指向艾蜜莉雅的喉頭。

「──我可以賜予妳在任何賭注中都不會落敗的力量，換取妳這副美妙的嗓音。」

艾蜜莉雅瞠目結舌。

腦袋警鐘大作，這絕非正經交易。但有這種力量，就能突破困境，再也不用爲父親的賭癮傷透腦筋。父親損失的賭金，全都可以靠艾蜜莉雅贏回來。

老婦人嘆口氣。「不要的話就算了，打擾了。」

「別走！」

艾蜜莉雅叫住老婦人。老婦人轉身，悄悄露出笑容。

「妳有什麼條件？」

「仔細聽我說來。」老婦人壓低聲音。「契約成立後，妳再也無法說出半個字。取而代之的是，妳會獲得在任何賭注中都不會落敗的力量。我要聲明，這可不是擲骰子時能預測結果的無聊把戲。小家子氣的零用錢就留給老千賺吧。妳獲得的可是貨眞價實的力量。一旦承諾加入賭局，妳寫下的話語全化爲現實。小姐，妳懂了嗎？」

「我知道了，只是很難相信。」

「都是眞的。萬一妳賭輸了，我就把妳的聲音還給妳，再給妳滿手金幣。不過力量會同時消失。另外，這項契約絕不能透露外人。要是妳沒有保密，妳將再也無法找回自己的聲音，同時失去這份力量。」

「如果是妳沒有保密呢？」

「那妳可以保有力量，又能夠奪回自己的聲音。怎麼樣，聽起來很不錯吧？」

艾蜜莉雅稍作思考。

失去聲音的生活困境實在超乎想像，無法歌唱又將多麼難熬。不過，她不會永遠失去聲音。等賺到足夠和父親平穩度日的財富，再找人賭一場毫無勝算的賭注，她就可以取回聲音。在此之前，咬牙忍耐就好了。

「好的，成交。」

老婦人笑容滿面。

「打從聽到妳在廣場唱歌，我就覺得妳的嗓音太美妙了！美麗的東西具有價值，我非常了解。小姐，妳叫什麼名字？」

「艾蜜莉雅。老奶奶，妳叫什麼名字呢？」

老婦人聳聳肩，伸進上衣襟的內裡翻找著東西說，「我眞正的名字長得不得了，全部說完就要天亮了……妳叫我瓦濟就好。」接著，她向艾蜜莉雅伸出手。

老婦人的掌上放了一顆漆黑通透的小石子。

石子很美，卻散發出不祥氣息。

「妳把這東西含在舌頭上，再跟我握手。」

艾蜜莉雅戰戰兢兢地拾起冰冷的石子，放在舌頭上。瓦濟低聲說道。

「我能賜予妳在任何賭注中都不會落敗的力量，換取妳這副美妙嗓音。這是妳想要的嗎，艾蜜莉雅？」

艾蜜莉雅點點頭。瓦濟瞇起眼，握緊艾蜜莉雅的手。艾蜜莉雅感覺喉嚨閃過一陣劇痛，接著失去意識，昏厥在地。等她醒來，舌上的石子已經不見了。

照耀暗巷的滿月仍高踞夜空。艾蜜莉雅以為自己作夢，沒想到開口發不出聲音。

——這不是夢。

艾蜜莉雅起身，她深呼吸後回到酒館。

父親與男人正在對罵。不可思議的是時鐘指針竟然毫無前行跡象，彷彿艾蜜莉雅衝出酒館的那刻起，時光就暫停了。

艾蜜莉雅從父親物品中取出計算賭博點數的冊子，在上頭用木炭寫字，再拿給父親。

拜託你，別再跟他吵了。

父親見到冊子，詫異地問。「妳怎麼了？」

我喉嚨疼痛，可能唱過頭了。

父親憂心忡忡垂下眉頭。見到那副表情，艾蜜莉雅發誓必須贏回父親的自由。她又匆匆寫下一行字，將冊子舉到男人眼前。

要不要跟我賭一局？

「妳手上那一點錢，付我今晚的酒費都不夠。」

我要學爸爸剛才那樣，拿自己當賭注。這樣就行了吧？

身後的父親還來不及窺見內容，艾蜜莉雅就迅速蓋住冊子。

男人裝模作樣地重重嘆氣，請艾蜜莉雅入座。

艾蜜莉雅投入賭局。

擁有在任何賭注中都不會落敗的力量，艾蜜莉雅眞的一次都沒輸過。

眼看輸了一局又一局，男人心急起來。他挑剔艾蜜莉雅的賭法不公平，要求重新來過，還拿酒館的服務生出氣。艾蜜莉雅發現男人頻頻左顧右盼。順著他的視線，只見一名身穿藍衣的少年不知所措地聳肩。

艾蜜莉雅發現男人詐賭，湧出滿腔怒氣。她加倍贏回父親被奪走的賭金。空空如也的錢包如今沉重無比。男人最後並未訴諸暴力，無聲無息離開酒館。

父親拿著艾蜜莉雅贏回的錢再次點了酒，心花怒放問道。

「妳什麼時候學會賭博了？」

我只是跟爸爸學，今天運氣似乎不錯。

喝醉的父親完全信服艾蜜莉雅毫無道理的藉口，露出眞心誠意的笑容。

當晚，艾蜜莉雅跟父親在便宜旅社過夜。

父親在隔壁床上呼呼大睡。鼓鼓的錢包收進了客房櫃子。到明天早上，她要上市集買一堆好料。換掉骯髒衣服，淘汰破爛鞋子。剪掉這頭長髮，想必會清爽許多。她還想要適合整齊髮型的精美髮飾。艾蜜莉雅有許許多多想做的事，而現在她手上有能實現這些願望的錢。

艾蜜莉雅幸福洋溢地入眠。醒來時，隔壁床上不見父親蹤影。行囊還放在客房，唯獨櫃子裡的錢包消失了。

父親一定出門購物了。艾蜜莉雅用牽強理由說服自己，等待父親歸來。然而中午父親還是沒回來。飢餓感更是添增憂慮。當她決定動身找父親時，有人敲門了。是旅舍老闆。

老闆冷冰冰告訴她，父親在昏暗小巷遇害。頭部有遭硬物重擊的痕跡，錢包全空。

艾蜜莉雅趕到現場指認父親遺體。官兵一口咬定這是強盜犯行，虛應故事地進行偵訊。案件沒有目擊者，據說沒找到任何揪出凶手身分的線索。恐怕父親在艾蜜莉雅入睡後，為了乘勝追擊而再次溜進聲色場所。

沉迷賭博到連自己都拿來賭注的父親——賭癮這麼重的父親得到一筆巨款，怎麼可能按捺賭意。

艾蜜莉雅後悔莫及。

要是昨晚她贏回父親所有物品就罷手，或許父親就不會遇害了。父親的遺體搬走之後，暗巷裡看熱鬧的民眾紛紛散去。官兵也離開現場，最後剩下艾蜜莉雅。

是誰殺了父親？

沒有人回答艾蜜莉雅無聲的疑問。

此後，艾蜜莉雅將力量用來求生。她走遍每座賭場，憑賭金度日。

❀

斐伊指著地上那串自己的名字。

「人們口中那名逢賭必贏的女人就是妳吧？」

艾蜜莉雅望向眼前男人，視線夾雜幾分畏懼。

既然你聽過傳聞，應該知道鎮上的人是怎麼稱呼我的。

斐伊輕輕嘆了口氣。

「……魔女。」

你不怕我嗎？

「常言道三人成虎。再說人們嫉妒擁有過人才華的人，暗地說他們壞話，這不是新鮮事。妳是打從出生以來就不曾在賭局中落敗嗎？」

怎麼可能！

「妳最後一次賭輸是在什麼時候？」

握著樹枝的手，頓時停住了。契約內容絕不可向外人透露。要是洩露祕密，她將永遠失去聲音，能力一併消失。

斐伊平靜說道：「有些知名賭客擁有驚人運勢。但這些人還是會鎩羽而歸。因此聽說有個女人無賭不勝，我認爲不太合理。」

怎麼說？

「假如妳是高明老千，照理說會練就假裝上當輸掉的技術。不然有誰想跟絕不會輸的賭客過招？我猜，妳是不是沒辦法輸？」

勝敗端看時運。只有奇特的人才會找上不適用於這個原則的人挑起賭局。艾蜜莉雅有切身體認。

斐伊推論：「如果妳不是魔女，也並非天生有在任何賭局不會落敗的力量，那麼可以推測妳的賭運是透過另一個人或物所取得。而假設妳的運勢來自蘊含強大魔力的物品，除非來歷不可告人，不然我想不清妳爲何要堅守沉默。如果來自另一個人呢？妳這份運勢只要弄清使用方式，將有不可限量的價值。但很難想像這種力量可以無償獲得，想必得付出某些代價才能到手……妳說妳曾有一副好嗓子，靠歌藝維生吧？」

艾蜜莉雅臉色刷白，手中樹枝顫抖不已，彷彿隨時折斷。

「不想回答的話，不用勉強——」斐伊撩起金色秀髮問道。「艾蜜莉雅，妳失去聲音的時期，是不是與妳獲得賭博不輸能力的時期極度接近？」

聽見這句話，瓦濟決定從樺樹上爬下來。

繼續待在樹上看戲，實在是太可惜了。

瓦濟改變外型，化身從前某名用青春與她交換星空知識的女孩。她起了個念頭，換上清澈的栗色眼眸。爬下樺樹，召喚出提燈的燈光與不存在的腳步聲。

瓦濟一從草叢深處冒出，圍著火堆的兩人隨即回頭。

「天啊，艾蜜莉雅！幸好妳沒事，看來我沒來遲。」

艾蜜莉雅的表情瞬間凍結。

這不能怪她。現在瓦濟使用的聲音，原本屬於艾蜜莉雅。

瓦濟堆出虛偽的笑容伸出手。

「一起回鎮上吧。塔席特也很擔心妳。」

面色如紙的艾蜜莉雅試圖移動顫抖的雙腿。她擔心違抗瓦濟，將永遠找不回聲音。

斐伊起身，介入瓦濟與艾蜜莉雅之間。

「晚安，這位大無畏的小姐。眞意外妳在三更半夜獨自漫步森林——更不要說是來尋找鎮民稱爲魔女的少女。」

斐伊側眼望向畏懼的艾蜜莉雅，微微皺起眉頭。

「……即使兩位似乎不陌生，不會受無情之人起的魔女蔑稱蒙蔽——」他眨了一下眼，望向瓦濟微笑。「很遺憾兩位看起來也不大親密。」

「那你認爲我們是什麼關係？」

「我怎麼知道呢？如果妳願意用妳的美聲高歌一曲，我說不定就曉得了。」

這小子感覺很有意思。

瓦濟不再演戲，以讚賞的笑容回應斐伊。

「大無畏的人是你才對吧？」

「是嗎。妳從什麼時候開始聽我們對話？」

斐伊聽起來頗感興趣。瓦濟決定從實招來。

「從你撒了滔天大謊那邊。」

「什麼滔天大謊？」

「你不是說水流太平靜不適合自殺嗎？別說笑了，好幾個人都如願溺死在那條河裡。

深度超過身高又寬成那樣的河，流速的湍急程度根本不算什麼。」

「是啊。反過來說，我也聽說過只要河流夠湍急，就算深不及膝也可能溺水——」似乎是感覺到艾蜜莉雅的視線，斐伊清清喉嚨。「剛才是我不小心忘了。」

瓦濟很滿意斐伊的回答。他的說詞果然並非出於無知。這個男人肯定會爲了達成目的笑著說謊。

瓦濟湊近斐伊跟他偷偷說起話來。

「艾蜜莉雅只要找得到對賭的人，要拿下國家或金銀財寶都不成問題，甚至能隨心所欲操控某個人渺小的人生。這女孩似乎沒領悟到這點，但你應該看得出這份力量的價值吧，斐伊？」

「是，我看得出來。」

「即使如此你還是不打算回心轉意，放棄你原本打算做的事嗎？」

「妳願意把聲音還給艾蜜莉雅，我就罷手。」

艾蜜莉雅身子一震。烏黑眼眸直勾勾望著瓦濟。眼神在深刻絕望中，閃過幽微的希望之光。

「聲音？你這是什麼意思？」

「原來如此，妳跟艾蜜莉雅一樣有保密義務。那就沒辦法了。眞是抱歉，我實在不忍心讓艾蜜莉雅繼續害怕，能請妳打道回府嗎？」

「噯，你這個人真沒禮貌！」瓦濟埋怨完，紅唇揚起。「把人家趕走，就表示你已經有了答案吧？」

瓦濟隨手拈起青年一縷髮絲貼上雙唇。吃驚的斐伊趕緊避開。

瓦濟一彈指，火堆與提燈的光芒應聲熄滅。她趁著黑暗匿跡，不聲不響回到樺樹。一隻長腳蜘蛛注意到瓦濟，從結到一半的網降下，畢恭畢敬行禮。

敲響了燧石，斐伊點燃提燈，重新升起火堆。

艾蜜莉雅在地上寫字，接著扯扯斐伊的衣袖。

不要緊嗎？

「是，別擔心。」

她說的「答案」是什麼意思？

斐伊回答艾蜜莉雅。「奪回妳失去之物的方法。」

❀

喪父的艾蜜莉雅在幾天內，就認識到百賭不輸的能力有多難運用。

首先，一名十五歲的少女獨自出入夜間賭場太過引人注意。到酒館也一樣。又瘦又髒的外型讓她比實際年幼。即使順利進店，能不能加入賭局又是另一個問題。絕大多數的時間都沒人搭理她，甚至差點被人口販子拐走，落荒而逃。

艾蜜莉雅心急如焚。派不上用場的力量沒有價值。

拯救身陷困境的艾蜜莉雅的，是一對雙人組老千。

一開始是矮小又娃娃臉的伊仔注意到無助呆立的艾蜜莉雅，親切搭話。恐怕在那時的伊仔看來，艾蜜莉雅是頭上好肥羊。

「貝恩大哥，大事不妙。我沒錢了。」

「沒錢是家常便飯，不用每次都特地來報告。掃興。」

身材高眺又有鷹勾鼻的色鬼貝恩，當時正忙著在酒館吧檯跟喝醉的女人調情，不想讓對方聽見漏氣的報告。但伊仔不肯閉上嘴。

「我看對方是個小鬼就掉以輕心，輸得一塌糊塗。該怎麼辦？」

「還問我怎麼辦？伊律德，你喝醉了是不是？你就讓手指出場動一動嘛。」

「這還用說，我每天都有請手指出來。可是……真是怪了。」伊仔不解其妙地歪著頭。

「……我一次都沒贏過。」

「啊？別說蠢話了。那她肯定是——」

貝恩咂咂嘴，放棄眼前的女人轉頭面向伊仔。

貝恩非常賞識搭檔的技術。要是伊仔已經展現指尖的作弊絕活，卻連一局都沒拿下，想得到的理由就只有一個。

最討厭拐彎抹角的貝恩來到艾蜜莉雅面前，一下子就打開天窗說亮話。

「妳也是老千？」

少女搖搖頭，在手邊冊子寫字拿給貝恩看。

如果你的意思是我贏得不光明正大，或許可以這麼說。我會用一種魔法，任何賭博都不會輸。

這小妞不會說話？好像是耶——雙人組老千交頭接耳，臉貼著臉商量。

無論在什麼時候，貝恩永遠重視結果勝過原因。管它是不是魔法，反正這女孩上了賭桌所向無敵——貝恩單純接受了這項事實。

雙人組老千徵詢艾蜜莉雅，問她願不願意結夥。

艾蜜莉雅一口答應。

伊仔與貝恩不愧是內行人，迅速進入狀況。

艾蜜莉雅的力量，在她宣誓加入賭局的那刻生效。也就是說這項能力不適用於諸如賽馬或彩券這類無法宣誓的博奕遊戲。然而找人對賭又有個重大問題。艾蜜莉雅絕對無法賭輸。累積的賭局一多，對手十之八九就懷疑她耍詐。

經歷過反覆嘗試，他們想到一招妙計。

貝恩找賭客開局。

艾蜜莉雅跟伊仔在另一桌下注。

艾蜜莉雅賭的是貝恩的輸贏。

貝恩時不時向艾蜜莉雅兩人打暗號，刻意放水讓對方鬆懈，調整勝率。這麼一來就能運用力量獲勝，卻不會遭受懷疑。

三人用這個手法撈了不少錢。

想隱瞞成功的理由，就必須時時刻刻保持警戒。不能大肆揮霍，爲了避免有人記住他們的長相，哪怕待起來舒服，也不能長期在同一家酒館或城鎮。走遍一座又一座的城鎮，窩在夜間酒館出老千的生活過了三年有餘，某晚發生了一件事。

那晚一如往常，貝恩跟酒館客人賭起撲克牌。

貝恩開賭前咕噥著應該不需要艾蜜莉雅幫忙，接著告訴伊仔需要艾蜜莉雅出力的時候會打暗號，就去跟酒客搭話。

艾蜜莉雅在附近座位待命，心想今晚或許沒有自己出馬的餘地。旁觀也看得出來貝恩跟對方的技術差距巨大。

伊仔閒來無事在盤緣堆起燉菜裡的斑豆，突然不經意開口。

「妳的親人現在在做什麼？」

艾蜜莉雅在冊子寫上簡短回應。

親人都死了。

「是喔？抱歉，問了這種無聊的問題。」

別放在心上。怎麼突然問這個？

伊仔聳聳肩，抓起炸魚大啖後舔掉指頭上的油。

「其實我有個跟妳差不多大的妹妹。不過她小時候就賣到別處了，我也不知道她在幹麼。所以……啊，暗號來了。」

艾蜜莉雅反射性抬起臉。正好在這一刻，貝恩那桌有幾枚銀幣掉到地上。貝恩的對手彎下身子要撿銀幣。

他露出側臉，是個年輕男人。穿著打扮時髦，但衣服似乎是借來的，比身體大上一號，衣襬與袖子都過長。他似乎不習慣夜遊，行爲舉止有些僵硬。表情全寫在臉上，不怎麼適合跟人鬥心機。

艾蜜莉雅無法將視線從年輕男人移開。

「我用一枚銅幣賭貝恩大哥輸。換妳了，艾蜜莉雅。」

我用一枚銅幣賭貝恩輸——

慌了手腳的艾蜜莉雅把「贏」寫錯了。她在情急之下修改後續蒙混過關。

我用一枚銅幣賭貝恩輸不了。

將兩枚銅幣排在一起，艾蜜莉雅與伊仔以握手宣誓賭局成立。

下一秒——鏗啷一聲，店內發出巨響。

霎時間，夜裡的酒館鴉雀無聲，緊接著籠罩怒吼與慘叫。

艾蜜莉雅望著面前景象，懷疑起自己的雙眼。

貝恩等人的桌面中央，插進一只船錨般的鐵塊。碎玻璃散亂四周，餐具破裂，杯子翻倒，液體毫不保留潑出。在塵埃紛飛中，艾蜜莉雅仰頭一看，只見吊在天花板上的鐵鉤有如鐘擺搖晃。原來是末端已經生鏽，燈具腐朽掉落。

差點被吊燈砸中，兩人怔怔坐倒在地。

艾蜜莉雅登時反應，瞥向冊子。貝恩沒賭輸，但也沒贏——賭局本身告吹了。這項結果豈不就跟艾蜜莉雅的賭約一樣？

貝恩大哥！伊仔喊著趕到搭檔身邊，嚇得都忘了掩飾自己是同夥。艾蜜莉雅跟著站起來，扶起跟貝恩對賭的青年。

「謝謝妳，我不要緊。不過眞是嚇了一跳。」

他抬起臉，忽然默不作聲。

四目相交的那刻，她心中湧出恍若不是初次見面的親近感。青年目不轉睛盯著她，艾蜜莉雅臉紅。她想告訴他，自己很慶幸他沒受傷，但可以書寫的冊子被留在桌上。

就在艾蜜莉雅的焦躁感升到極限時，伊仔出手相助。

「艾蜜莉雅！幫貝恩大哥倒杯水……啊，抱歉。這女孩沒辦法說話。」

青年聽了伊仔的說明恍然大悟，滔滔不絕解釋。

「啊，抱歉。我叫塔席特，妳是艾蜜莉雅？謝謝關心。我是第一次來這種地方——不是，我講得顛三倒四的。希望妳給我一點時間。」

塔席特混亂地垂下雙眉。

「我們走，伊律德！」

貝恩大吼著，揮開賠個不是的酒館老闆，甩門聲刺入耳中。

艾蜜莉雅找起伊仔。伊仔正把桌上的銀幣連同碎玻璃一起掃進自己的帽子裡。他注意到艾蜜莉雅的視線，輕輕揮個手就走出店外。

運氣不錯，似乎沒人發現他們詐賭。

「朋友在等妳，妳得跟上了。」塔席特不甘願地催促著，隨後補上一句低語：「不嫌棄的話，明天晚上可以跟我在這邊見面嗎？」

艾蜜莉雅連耳根子都紅起來，緩緩點頭答應。

她可以拜託伊仔跟貝恩明晚別去詐賭，積蓄還很充足，放假一天不成問題。這麼想著回到住宿處的艾蜜莉雅，卻驚覺沒必要告假了。

老千雙人組的行李消失得一乾二淨。

艾蜜莉雅的膝蓋一軟，跪坐在留下三分之一的銀幣前。她又成了孤家寡人。與貝恩兩人共處的期間，他們總是要求她別與當地居民過從甚密，因此她沒有其他熟人。

此後，艾蜜莉雅自然依靠起唯一認識的塔席特。

塔席特是鎮長兒子，今天剛滿十六歲。初次見面那日，塔席特擅自穿走父親衣服探索夜生活。有人邀他賭博，他轉眼間快被騙得精光。

艾蜜莉雅十九歲。她寫道沒想到自己比較年長，塔席特一臉竊喜，似乎很高興自己看上去很成熟。

「妳那天為什麼出現在酒館？」塔席特率直詢問。

我在當詐賭的暗樁。

「詐賭？」

對。我父親過世了，日子過得很苦。

艾蜜莉雅沒透露塔席特自己有無賭不勝的力量。她怕塔席特好奇力量源頭，尋求解釋。

塔席特相信艾蜜莉雅。他不只相信，還極爲同情她的身世，想支援她的生活。艾蜜莉雅趕緊婉拒。塔席特只好不甘願地打退堂鼓，但數日後，他動用母親萊雅的人脈，爲她帶來正大光明的工作機會。

萊雅的雙眼無法視物。聽說她並非天生盲目，而是年輕時得熱病失明。知道自己在幫不能說話的少女介紹工作，她更是照顧有加。

「不會亂說閒話的女孩子才好。這樣就不會顧著東家長西家短，怠慢工作。」

萊雅露出溫暖的微笑歡迎兒子的朋友，輕柔地將艾蜜莉雅摟進懷裡。

艾蜜莉雅非常感激，直搖筆桿書寫心中喜悅。塔席特爲她朗讀出來。

受到好心人的善意包圍，新生活開始了。

艾蜜莉雅的工作在傍晚結束。塔席特沒有一天不趕來迎接。每一天，他們都會一同上街購物，再回到艾蜜莉雅的租屋。晚上，她點起好幾盞燈，照亮黑暗，閱讀冊子。她總是與塔席特暢談到夜深人靜的時刻，就算寫字寫到手痛也無所謂。

艾蜜莉雅過得很幸福。但有時也會瘋狂地落寞起來。這種時刻與日俱增。落寞的理由再清楚不過。

是歌。

艾蜜莉雅與瓦濟訂下契約四年以來，從沒唱過半首歌。

和父親過著困頓無比的生活時，唱歌是她的心靈支柱。她覺得比起說話，唱歌更能忠實表達內心世界。而且她至今尚未喚過一次塔席特的名字——注意到這件事的那刻起，艾蜜莉雅打從心底想要找回聲音。

解約的方法有兩種。一種是瓦濟將契約的祕密洩露外人；另一種是——

艾蜜莉雅在賭局中落敗。

她在深夜悄悄出門，前往酒館。

然而，這股力量影響強烈。艾蜜莉雅贏了一局又一局，銀幣徒然累積成山。某天早上，她在窗邊沉思，注意到幾個孩子手牽著手，開開心心散步合唱。

一個妙計閃過心頭。

艾蜜莉雅買下木製橫笛。她練習吹笛，直到吹出優美的音色，她改成買很多糖果。她在街角吹笛，秀出糖果招手，孩子便蜂擁而至。

艾蜜莉雅教孩子唱歌。

孩子起初連音階的概念都沒有。她用笛子吹出歌曲的曲調，以木棍在地面寫上歌詞。於是，孩子們代替艾蜜莉雅與音符嬉戲，獻出自己的歌聲。

漸漸地，艾蜜莉雅開始享受教唱的過程。

孩子數量逐漸增加，艾蜜莉雅與他們透過音樂，成了忘年之交。

她毫不保留，教導他們自己所知的歌曲。

鎮上隨處都聽得到活力充沛的孩子唱著遙遠異國歌曲。光是聽到這些歌聲，艾蜜莉雅的寂寥就多多少少獲得緩解。

塔席特得知艾蜜莉雅教孩子唱歌，笑著說這是很好的興趣。

「這樣不管我走到鎮上哪個地方，都能聽到妳的歌了。」

是呀。那就是我的歌，我的聲音。

「妳知道好多歌啊。」

沒錯，我很喜歡唱歌。可惜小時候生病發高燒，不幸就⋯⋯

說謊令人不好受，艾蜜莉雅寫到一半停手，垂下雙眼。

塔席特溫柔地握住艾蜜莉雅的手。

「謝謝妳願意告訴我傷心事。嗳，」塔席特搔搔臉頰，欲言又止，最後下定決心地說。「別管灰暗往事，一起想想光明的未來。要是妳不嫌棄，請跟我⋯⋯」

艾蜜莉雅淚流滿面，點頭回應了塔席特愛的告白。

要是沒有與瓦濟訂約，她也不會與塔席特相遇。她失去聲音，但獲得新的幸福。艾蜜莉雅決定如此說服自己。

就在她以爲人生一帆風順時，意外出現了。

萊雅強烈反對艾蜜莉雅與塔席特的婚事。

「塔席特是我兒子。我絕不容許他與來路不明的野女人訂婚。」

我很抱歉。但請聽我說，我們——

「妳現在給我滾出去！不准妳再度出現在塔席特面前！」

萊雅把艾蜜莉雅趕出門，態度凶狠得判若兩人。艾蜜莉雅多次拜訪，仍是交涉無門。很想跟她好好談，但眼睛不好的萊雅看不了冊子，要是沒有請塔席特朗讀，兩人根本無法對話。然而請他代讀，萊雅就會哭喊兒子不孝，變得更加難以應付。

母親態度豹變，塔席特也困惑不已。

「眞是怪了，到底怎麼搞的？」

畢竟是人生大事。你是重要的獨生子，她自然謹愼。

「拜託妳給我一點時間，我會想辦法說服她。」

塔席特好言相勸，效果卻不怎麼理想。

萊雅開始幫兒子說媒。她陸續找到不少好人家的女子跟塔席特相親。傷腦筋的塔席特向父親求助，卻失敗收場，他聲稱鎭務繁忙，不願搭理。

過好一段日子，傍晚下工的艾蜜莉雅再怎麼等待，塔席特都不再前來迎接。聽說母親萊雅一哭二鬧三上吊，拖住塔席特。

艾蜜莉雅苦惱許久，最後默默下決定，前往深夜酒館。她尋覓不同店家，直到第四家時，靈機一動找上附近醉客。她接著與對方下注，馬上就找到尋尋覓覓的人物。

伊仔大吃一驚，高聲說話時甚至還破音了。

「艾蜜莉雅！妳怎麼在這？妳不是跟鎮長兒子好上了嗎？」

她將伊仔領到酒館後門。這是人煙稀少的暗巷，站在快要壞掉而閃爍不斷的街燈下，艾蜜莉雅攤開冊子。

他母親反對我跟他的婚事。

「……所以？」

我無法死心。伊仔求求你，能跟我賭一把嗎？

伊仔猶豫了。

「不行啦，艾蜜莉雅。這種事不能賭。」

爲什麼？

「就算妳成功靠怪魔法跟鎮長兒子結婚，應該會一輩子活在祕密的陰影中吧？那一定是不幸的。」

我已經做好心理準備了。

艾蜜莉雅豁了出去。她一路吃上苦頭，不可能放棄好不容易獲得的幸福。

老鼠發出細微叫聲，穿過腳邊鑽進牆上的洞裡。

伊仔的視線從艾蜜莉雅身上別開，搓著劉海小聲問：「我說啊，妳有沒有發現貝恩大哥和我為什麼跟妳拆夥？」

為什麼？

「因為惹妳生氣，沒人知道會遭什麼殃。」伊仔緊張地嚥了口唾液，連珠炮地說道。「我們在天花板吊燈掉下來的時候領悟到這點。妳當時賭的不是貝恩大哥會贏，而是不會輸。貝恩大哥的確沒有輸。那起騷動讓賭局不了了之。可是他差點就沒命了。我們差點害死他，不是嗎？」

我真的沒想過會發生那種事。

「妳說妳不是故意的，這我知道。但今後未必如此。」

你的意思是我會害你們喪命？

「不用到喪命這種地步，就能讓我們倒大楣。妳要是厭倦與我們搭檔，只要偷偷找某個人對賭就行了：那邊有個雙人組老千，要不要跟我賭他們會不會馬上被官兵逮捕？賭金十枚銅幣。」

一時間，伊仔的臉孔悲傷扭曲。

「今晚也不例外。妳怎麼找到我的？不是碰巧遇見吧。我看妳是找人賭博，寫了這樣的賭注：我賭一枚銅幣，我可以找到我在找的人！」

伊仔拉高聲音。艾蜜莉雅辨識出他眼中的恐懼，非常驚愕。喪父不久的她忙於求存，在與老千結夥之後，打賭的對象總是伊仔——她從沒想過被力量影響的人是什麼心情。風掀起冊子紙頁，與塔席特的片面對話掠過眼角餘光。艾蜜莉雅的視線逐漸模糊，連忙舉起手背擦拭。

眞是的。伊仔嘆了口氣，低聲囁嚅。

「……我不跟妳賭，妳也會找下一個人打賭，對不對？」

我放棄。

「咦？」

我太不正常了，可以忘了我剛才說的話嗎？

再依賴力量下去，一定會發生無可挽回的遺憾。

伊仔的大眼瞪得更圓，他就像眞心感到喜悅，拍了拍艾蜜莉雅的肩頭。

「這樣啊。妳想通了。」

謝謝你，伊仔。我不會忘了你的恩情。

「妳快點忘了我們，獲得幸福。艾蜜莉雅，珍重再見。」

伊仔露齒一笑，轉身背對艾蜜莉雅，在夜城中消失蹤跡。

艾蜜莉雅踏上歸途。

過了一段時間，她發現冊子不見了。看來手腳靈活的老千臨別前摸走冊子。那樣的東西也可以當成餞別禮嗎？艾蜜莉雅疑惑地換了另一本新冊子。

隔天——

艾蜜莉雅接到駭人的消息，萊雅死了。

據說萊雅昨夜跑到森林裡的大河投水自盡。

一臉虛脫的塔席特抵達艾蜜莉雅住處，說他去認了母親的遺體。

萊雅身穿粉色睡衣，長長頭髮在水面漂搖。人們在下游尋獲她那宛如陷入沉睡的屍體。河岸留下整齊排放的白鞋，說明這場死亡事件並非意外。

——萊雅為何自殺？

或許萊雅的精神已經煎熬到動念做傻事，才說出與過去言行矛盾的話語，失控痛斥艾蜜莉雅。這可能可以說明她的行徑。

艾蜜莉雅拚命按捺內心動搖，安慰沮喪的塔席特。

她在萊雅喪命的夜晚找上伊仔打賭的事，絕不可向任何人透露。

沒想到萊雅葬禮順利結束後，鎮上開始傳出奇妙謠言。

這座鎮上有個百賭不輸的女人。

跟艾蜜莉雅交手過的賭客與酒館常客為謠言背書。誰都贏不過那個女人。他們懷疑她詐賭，卻無法識破手法；除此之外的人們則說，有個女人拿糖果引誘小孩，教導他們可疑的咒語。

孩子直率承認，大姊姊教了他們好多陌生國度的歌曲，如果唱得好，她就會送他們好吃的糖果。

一個人的死亡，讓兩則謠言結合。

跳河的萊雅這陣子很不對勁，總是歇斯底里，像在害怕什麼。

萊雅生前反對艾蜜莉雅與塔席特的婚事。她觸怒了艾蜜莉雅。

萊雅該不會被咒殺了吧——被那個不會說話的女子。

曾幾何時，人們在私底下稱呼艾蜜莉雅「魔女」。

謠言如野火燎原。

鎮上的人一見到艾蜜莉雅，不是露骨擺臉色，就是擦身而過時責罵她，或是掉頭折回，不願與她同行；還有人混在人群朝她丟石頭。艾蜜莉雅購物時，有些店甚至不願意跟她做生意。

不過，與她學唱歌的孩子，仍然仰慕著艾蜜莉雅。

孩子們怒視找碴的大人，聲稱購物時順便幫艾蜜莉雅一起結帳。他們也瞞著父母來找艾蜜莉雅，展現稚嫩的歌聲。但日子久了，當被母親揍了一頓的男孩頂著慘不忍睹的紅腫臉頰，笑著說要學新歌時，艾蜜莉雅決定不要再跟孩子見面。

塔席特也心力交瘁。艾蜜莉雅關心他，他卻僅僅心事重重地垂著眼，說親朋好友都叫他別再跟魔女扯上關係。萊雅身亡後，他一次都沒提起與艾蜜莉雅的婚事。

某天，艾蜜莉雅下工回家，發現塔席特先行入內，喝著蒸餾酒，茫然眺望窗外。

塔席特並未移動視線，問道：「妳說妳認識我之前，在當詐賭的暗樁是吧？」

對，沒錯。

「……妳眞的怎麼賭都不會輸嗎？這樣的話，爲什麼妳始終對我隱瞞這件事？」

艾蜜莉雅無法回答。

就算抱著失去聲音與力量的覺悟向塔席特道出約定，也無法消除已經傳得風風雨雨的謠言。她很介意萊雅爲何尋短。可以的話，她想摀住耳朵等風波平靜。

艾蜜莉雅望向窗外，只見零星人影。家家戶戶透出燈光，炊煙從煙囪裊裊升空。正值晚餐時間。某處似乎傳來孩子純眞的笑聲。

「如果妳賭『萊雅沒有死』，我媽是不是就能起死回生？」

艾蜜莉雅不小心將手中的木炭摔落地面。她瞠目結舌，窺視起戀人的神情。

艾蜜莉雅要是賭了，這句話就會成爲現實。然而力量無法將過去的事一筆勾銷。在不顛覆一度死去、辦過喪禮躺過棺材的過去之下，假如萊雅起死回生——

復活的到底會是什麼？

伊仔的聲音在腦中響起。不行啦，艾蜜莉雅，這種事不能賭——

艾蜜莉雅撿起木炭，以顫抖的手在冊子寫字。

你母親已經跳河自殺了。你希望她復活嗎？

塔席特的臉上瞬間浮出怒意。

他拿起蒸餾酒瓶，裡頭已是空空如也。

「父親跟我說，要是我有意繼承父業，就別做引起鎮民反感的事。他說要是我夠聰明，就知道該怎麼做。」

連你也懷疑我嗎？

「我不想懷疑。但我要怎麼相信一個無法對戀人坦白祕密、始終保持沉默的女人？」

我不是魔女。我沒有殺害你母親。

「那妳——妳就親口告訴我這句話！」塔席特大吼，揮手拍掉艾蜜莉雅的冊子。「寫在紙上的話哪能相信！」

屋裡所有聲音登時消失。塔席特說了什麼，她都聽不進耳裡。

艾蜜莉雅衝出家門，漫無目地在無聲的世界奔跑。

她回過神，自己闖進森林。群星在夜空閃爍。艾蜜莉雅循著月光行走。

視野突然開闊。一條大河橫臥眼前。

她拖著沉重身體，一步步地踏足前進。河水很冰冷。溼透的裙子緊貼大腿。她心中沒有悲傷，只是事不關己想著，萊雅也在這條河自殺。

她覺得自己再也沒有可歸之處。

「三更半夜的，在河邊玩水？」

直到陌生男子將艾蜜莉雅帶回有聲的世界——

❀

艾蜜莉雅眨眨眼，直盯著斐伊，手裡代替木炭寫字的樹枝正在顫抖。

所以你知道——找回我失去之物的方法？

「是的，錯不了。不過眼下有個問題。」斐伊舉起食指。「關於妳的力量，只要妳找得到打賭對象，要拿下整個世界也沒有問題。而我想出來的方法可能會同時讓妳喪失能力。勸妳好好考慮一下，思考會不會後悔……」

沒有任何喜悅勝過用自己的聲音唱歌。斐伊，拜託你。

艾蜜莉雅等不及斐伊說完，立刻寫下回應。

「好的，既然妳如此希望。」

斐伊轉轉頭，像是在觀測風向。

「現在我會說一段話，請妳跟我賭相反的事。」

艾蜜莉雅點頭答應。斐伊從懷裡取出一枚銅幣。

「我用一枚銅幣跟妳賭，妳無法取回失去的聲音。」

我……

艾蜜莉雅緊接著斐伊的話語，在地上寫字。

我用一枚銅幣跟你賭，我將會取回失去的聲音。

兩人握手，賭局成立。

艾蜜莉雅的表情突然扭曲。她摀住嘴，吐出黑曜石般的石子碎片，用掌心接住。緊接著，石子從邊角開始逐漸化成灰燼，隨風而逝，消失得無影無蹤。

隨後，金幣嘩啦啦地從她的頭頂降下。

突如其來的狀況讓艾蜜莉雅慌了手腳，她試圖閃躲砸落的金幣而發出悲鳴，然後——

她一臉難以置信地呢喃。

「……你聽得到我的聲音嗎？」

「是，我聽得到，艾蜜莉雅。」

斐伊微笑點頭。

艾蜜莉雅要是賭贏斐伊，當下就能取回聲音。就算她賭輸斐伊，她也會在失去力量的同時取回自己的聲音。不管是輸是贏，艾蜜莉雅都能實現心願。

見到四處散落的金幣，斐伊問起艾蜜莉雅。

「話說回來，要是妳賭輸了，是不是不僅能拿回自己的聲音，還能夠獲得金幣？我想這一帶地區，平常不會下金幣雨吧。」

取回聲音的艾蜜莉雅，訴說起自己的身世。

說完的那刻，東方天空已現魚肚白。

「我說了好久。是不是讓你無聊了？」

「不會，妳的故事非常有意思。」

斐伊望向城鎮的方向。

「對了，我有個提議。妳回到那座鎮上，想必不會有什麼好事。要不要乾脆追求新天地？我目前正在旅行，可以和妳作伴到下一個造訪的國家。」

「可是我不能跟塔席特就此不見。」

「妳最好別再跟他見面。」

沉默半晌，艾蜜莉雅開口。

「……為什麼？斐伊，告訴我。」

「好的。一切的關鍵就在塔席特母親的言行舉止。」

「萊雅的言行舉止？」

「萊雅為何強烈反對妳與塔席特的婚事，甚至禁止你們見面？在她態度豹變前最值得一提的事件就是——妳開始教鎮上的孩子唱歌。」斐伊的藍眼直直盯著艾蜜莉雅。「關於妳愛上唱歌的理由，妳是這麼說的。小時候父親聽見妳無意間哼唱的曲子，告訴妳那是母親為妳編的搖籃曲……再怎麼投入賭博也無法找回聲音，失望的妳將歌曲託付給鎮上的孩子。而且是全部妳所知的歌曲。這裡頭包含那首搖籃曲吧？」

「是的。那是我最珍視的一首歌。」

「妳教的歌隨著孩子的歌聲在鎮上傳唱。萊雅聽到了他們的歌聲，然後驚覺某項事實。其中一首歌，是自己從前編的歌。」

艾蜜莉雅倒抽一口氣。

「萊雅是我的——那塔席特不就是！」

「孩子純真的歌聲響徹全鎮。聽在萊雅耳裡，也許成了過去糾纏而來的詛咒。」

「但如果她直接告訴我塔席特是我弟弟，我也會——」

「我想她不是不說，而是不能說。她很清楚這會帶給你們痛苦。然而，她也不能讓親生女兒與兒子結爲夫妻。」

茫然無語的艾蜜莉雅忽然有所領悟地說道。

「對萊雅來說，我就像眞的魔女……」

「聽我說，艾蜜莉雅。萊雅爲了保護你們三緘其口，僅僅反對婚事。她始終沒有忘記爲女兒編的搖籃曲。她一定掛念著幼時分離的骨肉。」

斐伊露出沉穩的笑容。

「……萊雅說她很歡迎兒子的朋友，接著將我緊緊摟進懷裡。我那時好開心。我心想要是有母親，一定就是這種感覺……」

媽媽——艾蜜莉雅輕聲低語。

一行淚水沿著臉頰滑落。

艾蜜莉雅說想洗一下臉，朝淺灘離去。

斐伊坐在即將熄滅的火堆前嘆了口氣。

「瓦濟，聽得到嗎？剛剛是我失禮了。我有話想說，妳願意現身嗎？」

瓦濟縱身躍下樺樹，將嘴貼在斐伊的耳邊。

「難得的契約就這麼吹了，是不是該吃掉你洩憤？」

斐伊苦笑。「我應該不怎麼美味。」

「沒吃過可不能斷言。」

「傷腦筋。我正打算未來前往極北之境設局作戲。可以請妳等到我忙完嗎？」

「如果人家說不要呢？」

「說起來，不是我無視契約，而是妳自己吧。剛才的賭局，妳可以讓艾蜜莉雅贏啊。」

瓦濟聳聳肩。斐伊的話很有道理。但讓艾蜜莉雅坐擁聲音跟力量，就沒有意思了。

「你看到艾蜜莉雅賭輸，一點也不訝異呢。」

「我早就預料到她會輸了。」

「可以聽聽原因嗎？」

「思考就能明白。比方說要是艾蜜莉雅太過絕望，將矛頭指向妳呢？她拿妳的生死打賭也不奇怪。妳怎麼可能在沒有強制化解力量的手段下，將那種危險的力量賦予對自己心懷敵意的人……只可惜艾蜜莉雅沒察覺到這點。」

斐伊指向瓦濟。

「妳跟艾蜜莉雅立約的時候，似乎仔細說明過萬一她賭輸會發生什麼事。假如那份力量絕不會被顛覆，假設這種狀況又有什麼意義？」

瓦濟咯咯發笑。

「對了，你不是有話想說嗎？」

「是的。我想確認一些事。」

一陣風拂去。火堆熄滅，白煙升起。

「萊雅女士有數次機會可以跟艾蜜莉雅從實招來，然而她堅決不肯提起自己的過去。最大的理由，是不是因爲她很清楚要是不守密，就會失去一切？聽說萊雅女士是因病失明。但事實上——」

瓦濟想起十七年前，她第一次遇見萊雅的事。

她有個好賭成性且沒有穩定收入的丈夫、年幼需要照顧的女兒，過著毫無未來的貧窮人生。萊雅拚命向瓦濟傾訴自己想要裕福的生活，說自己的人生是一場錯誤，想重新來過。要是能實現這個願望，犧牲其他事物也在所不惜。

瓦濟問她：妳要拋棄丈夫與女兒嗎？

萊雅不假思索就點頭。

和口裡自私的話語徹底相反，萊雅有雙清澈如純眞少女的眼眸，那是一雙能夠望向遙遠彼端的美麗栗色眼眸。

「萊雅女士的眼睛，就是與妳立約的代價吧？」

瓦濟展開戲謔的笑容。

斐伊皺起眉頭，猛然別過視線，深深嘆氣。

「我還想確認一件事……據說萊雅女士的白鞋整整齊齊排放岸邊，因此不認爲她是發生意外。然而，依她的狀況更不該自殺。儘管可以解釋成她用生命阻止兩人結婚，但這麼一來她就無法見證結果，太不踏實了。」

「你的意思是有人殺了萊雅，對吧？」

「……我想那個人應該沒有殺意。」

瓦濟默默催促他解釋。

「對方應該是在激烈爭吵下不小心推了一把。凶手將她的死僞裝成自殺，然後將屍體拋進河裡，再擺好鞋子。」

「你怎麼能斷定這是突發的犯行？」

「因爲萊雅女士穿著睡衣。除非是極度親密的朋友或家人，不然很難想像女性穿成這樣出來見人。若是計畫性犯罪，首先絕對會讓屍體換一件衣服。」

可圈可點。瓦濟笑容滿面。

「殺害萊雅女士的人，是塔席特吧？」

傳遍全鎮的流言深深傷害了艾蜜莉雅。塔席特的話又再次打擊了傷心的戀人。艾蜜莉雅奪門而出，遲遲沒回家。他應該明白狀況不妙。而萊雅成爲水中冤魂是不久前的事——這樣看來，他首先就該跑來這條河尋找艾蜜莉雅。

然而塔席特沒有來。他無法來。如果來到此處，腦中無論如何都會浮現自己親手將母親屍體拋進河裡的記憶。

晨光照耀下，鳥兒高聲鳴叫。

斐伊轉過臉，直視瓦濟。

「妳一直都知道艾蜜莉雅是萊雅女士的女兒吧。妳爲什麼對她們如此執著，今天仍待在艾蜜莉雅身邊？」

「因爲太沒意思了。」

「咦？」

「跟我立約的十七年間，萊雅早就忘了女兒，過著漫長平靜的生活。人家本來以爲讓她見到拋棄的女兒可以找點樂子，但太失望了。女兒比較有趣呢。」

瓦濟的答覆讓斐伊意外，他一臉不解，這副滑稽模樣惹得瓦濟大笑。

這時，耳邊傳來艾蜜莉雅的微小歌聲。斐伊重新振作地說道。

「我有個請求。剛剛我說的每一個字……」

「別告訴艾蜜莉雅？我無所謂。不提這個，你有沒有想實現的願望啊？」

瓦濟挨近身子，眼中閃過妖光。斐伊苦笑。

「要我拿這頭金髮交換是嗎？妳就這麼想要？」

「想啊。更重要的是——」

假設瓦濟與斐伊立約，賦予他某種壓倒性的力量。

這個人想必不會像萊雅與艾蜜莉雅那樣停留在狹小的世界。他會發揮力量影響到千千萬萬人，被人們視爲特別的存在，接著——

鐵定有樂子可找。

斐伊問道：「更重要的是？」

「哎呀，艾蜜莉雅好像回來了。」

斐伊循著瓦濟的視線轉過身。瓦濟乘機消失無蹤。

她壓低聲音，笑著放話——別心急，我們還會再見面。

❀

「艾蜜莉雅，歡迎回來。」

「我覺得舒服多了。抱歉，讓你久等了。」

「不會。我聽到妳的歌聲從河邊傳來。那是什麼歌？」

「是獻給孩子的歌……我決定帶著這首歌重新出發。塔席特有家人跟朋友，還有那座鎮上的生活。我想他不需要花太多時間就能走出喪母之痛。」

斐伊的神情悄然透出憂鬱，旋即若無其事地默默收拾行囊。

不知道是不是錯覺，艾蜜莉雅雙頰發紅。

她繼續說道：「剛才我太過震驚，忘了跟你說……斐伊，我眞心感謝你。」

斐伊停下動作，視線轉向斜上方，回溯著記憶。

「有個人這麼說過，某日早上起來，發現自己到了陌生小鎮，原來有另一個人在深夜趁他醉得不省人事時，將他扛了出去。」

「你在說什麼？」

「他氣沖沖地逼問面不改色的搭檔，而對方這麼說——」斐伊頓了一下，清清喉嚨模仿起搭檔的聲線。「『我不知道那女人是否如同傳聞是個魔女。但看你這陣子的頹廢模樣，勸你最好別再跟那女人扯上關係。我就是因此才離開那座城鎮的。別浪費時間悔恨過去，快找下一個女人吧。』」

艾蜜莉雅驚呼。「你該不會在說——」

「他一直在爲妳煩惱。看不下去的搭檔只好使出強硬手段讓他遠離妳。現在，我要把他託付的東西交給妳。」

斐伊從行囊取出一本冊子交給艾蜜莉雅。

艾蜜莉雅倒抽一口氣。這正是最後一次見到伊仔那晚，被他摸走的冊子。

她檢查完內容問：「你跟伊仔見過面？怎麼會？」

「我聽了伊律德的話前往那座城鎮。畢竟出現一個百賭不輸的女人，我想確認是不是真的。來找妳，也是出於好奇心……也就是說，我很高興妳有這份好意，但妳該道謝的對象不是我，是他才對。」

艾蜜莉雅發現冊子最後一頁有一則新留言，字跡似曾相識。

——要幸福喔，艾蜜莉雅。

斐伊微笑。「妳有權過著幸福的生活。有人期盼妳獲得幸福。」

一陣清風吹過。

河面激起陣陣漣漪，彼此敲撞消散。平穩的水流沖刷砂石，淺灘水清如鏡。

不過，誰都無法一眼望穿深邃的河底。

隔岸觀火

（1）罪人之杖

深夜的病房中，瓦濟靠坐在手術臺。

牆的書架密密麻麻排放著古今內外的醫學書籍。書的主人名叫西庇阿。他能精確診斷任何疑難雜症，談起療法與用藥，無人能出其右，在故鄉是人盡皆知的萬能名醫。

不過，這樣的美譽其實是場誤會。

有人開門，一名駝著背的中年男子現身。

他發現藏身陰影的瓦濟，倒抽一口氣。

「嗨，西庇阿。你可眞是落魄啊。」

瓦濟夾起一張紙，在他面前晃了晃。那是催討西庇阿房租的請款單。

他一拖再拖，房東終於下最後通牒。

這位有著不光采前科的醫生小心翼翼提問。

「……妳知道多少？」

「每一件事都知道。你的缺點，就是手超級笨吧？」

西庇阿臉部肌肉一抽。

「你的手術技術比實習生還不如。正因如此，你找了手巧的醫生來搭檔。聽說你老家很有錢，全由你出開業資金？你的策略奏效，成功瞞住自己的缺陷，醫院經營得有聲有色。然而三十歲那天，你爲了錢跟搭檔拆夥。畢竟比起跟醫生平分收入，僱個助手出一張嘴要經濟實惠多了。」

「跟那傢伙拆夥是正確選擇。」

西庇阿喃喃自語著說服自己，眼神卻有些空洞。室內不怎麼悶熱，他的前額卻冒出豆大汗珠。

「是嗎？」

「沒錯。之後十二年，我人生一帆風順。直到助手臨時請病假——」

他說的這件事，瓦濟也很清楚。

一年前某日，西庇阿掛上「本日休診」的告示，一名年輕男子找上他。那是初診病患。他拒絕看診，男人不肯放棄，怒罵他想趕病人。西庇阿問他要做什麼，男人說是來放血。

放血是低階的療法，一把剃刀就能搞定。他不敢說自己辦不到，又心生傲慢地認爲不成問題，因此惹禍上身。

放血出錯，患者被他弄死了。

他想必會被家屬罵得狗血淋頭。罪孽將在法庭遭人揭露，處以罰金。他在醫界的威信將一落千丈。畏懼這些下場的西庇阿丟下病患屍體，提著一只皮箱遠走高飛。他拋棄故鄉與過去，移居到陌生城鎮，使用假名，熬到診所開張。

然而，他找不回過去的財富與名聲。

不會有人遇上惡疾，頭一個就找無名醫生治療。造訪他醫院的患者，大多數想治療割傷、刺傷、擦傷、骨折、摔傷或燙傷——治療外傷。這全是西庇阿的弱項。

瓦濟讀起請款單。付款期限迫在眉睫。西庇阿手上能賣個好價錢的財產，剩下醫學書籍與醫療器材。假如他是在這個關頭認命拋售醫學書籍與醫療器材的人，就不會見到瓦濟了。

「我說西庇阿，你若想東山再起，最好還是依靠昔日搭檔的技術吧？」

西庇阿的眼中恢復理性神采。他瞪著瓦濟，想反駁。瓦濟搶在之前宣告。

「我有辦法讓你成為貨眞價實的萬能名醫。」

「什麼？」

「要不要與我立約？我當然有條件，你須付出符合願望的代價，並且不得向他人透露契約內容及代價。這是我跟你的祕密。要是你無法守密，可會得不償失。」

「……妳這傢伙是何方神聖？」

「我是瓦濟。實現違背世間常理願望之物。」

西庇阿雙腿一軟，跌坐在地，臉上浮現恐懼。

不久，他以顫抖的聲音詢問代價。

瓦濟獰笑。「我剛才提過吧？我要你奪取昔日搭檔的慣用手。你要是展現出足夠決心，我可以用那隻手爲你打造一把美妙的手杖。」

「手杖？」

「一把讓你成爲萬能名醫的手杖。」

西庇阿問瓦濟。

「——那麼瓦濟，那條手臂，我該在哪一天前交給妳？」

（2）撿破爛的赫裘拉

赫裘拉在月光與街燈照耀的紅磚路上奔跑。

被人追趕不是稀奇事。靠撿破爛掙日用，三天兩頭就會跟同行少年爲地盤起衝突。要是發現對方拳頭比自己大，他會盡可能扛起撿來的破爛，拔腿就跑。但這次正因爲他對自己的飛毛腿有信心，一時大意，以爲可以成功脫身。

「地痞」爛醉如泥，但仍然是成年男性，而且不像年僅十三歲的赫裘拉那樣天天餓著肚子，更重要的是他現在氣得火冒三丈。

赫裘拉跑得上氣不接下氣，回頭一看殺紅眼的男人只差一步之遙。挨打的部位再怎麼痛，他也不能停下腳步。就算殺死赫裘拉這樣子的流浪兒，對方絕不會有半分愧疚。

「地痞」是那個男性的綽號，赫裘拉不清楚本名。聽說他是某個貴族的四男，還是問題人物，夜夜買醉，在酒館或街角大吵大鬧和對人動粗。今晚他盯上赫裘拉的小弟雨果。

事情就發生在赫裘拉跟雨果結束了在夜市攤位塡飽肚子的例行公事，準備回到貧民窟的路途。他們一同聊天踏上歸途，醉醺醺的男人從轉角另一邊踉踉蹌蹌地迎面撞上。瘦小的雨果被彈飛，跌在地面。

男人停下腳步，怒視雨果。

——臭小子，你的髒手碰到我了吧？衣服都髒了，你怎麼賠？

他的話是牽強附會，但膽小的雨果登時嚇得渾身僵硬。

赫裘拉介入兩人。

——有什麼關係。你的衣服到處都是汙漬，誰看得出來髒了？

實際上，那件鑲金邊上衣沾滿酒液一類的汙漬，根本談不上乾淨。圍觀群眾中，有人哈哈大笑起來。地痞翻起白眼，高聲怒罵：「笑的人給我站出來！」隨後，他中了赫裘拉的挑釁，直逼孩子而來。

赫裘拉認爲，接下來幫雨果爭取到逃命的時間就夠了——理論上是如此。然而，他的臉頰冷不妨被狠狠重擊，跌倒在地。即使吃上一拳，他還是設法起身，肚子卻被踹一腳，向後飛撞到香料攤。耳邊傳來看戲群眾的喧鬧，眼中瞥見對方將手按在劍柄上，赫裘拉用全副精神忍耐痛楚，開始拔腿狂奔。

直到現在，他還是沒有脫離險境。

他幾乎不曾踏足過城鎮運河以北的地區。印象中，他現在跑的這條路到底右轉，應該會通往鬧區。抵達鬧區，大概就可以得救。

這時，有人從暗巷現身，赫裘拉猛然避開。

但他的腳被某樣東西絆住，重心不穩地向前傾倒。

他在地上跌了個狗吃屎，痛得腦袋空白。

當他咬牙奮力地撐起身時，頭上傳來一道陌生的聲音。

「抱歉，小弟弟。但見你跑成這樣，就算叫你，你也不會停下來。」

對方聲音中絲毫沒有半點歉意。看來就是這個人絆了自己的腿一下。

赫裘拉被他抓住手腕，勉強站直身體。眼前是個穿著黑色大衣、身材高大的青年。赫裘拉試圖擺脫他的箝制，但那有著鮮明指節的手力氣奇大，下巴被男人箝住抬起。當對方指腹掃過挨揍的臉頰時，他不禁痛得皺起臉來。

「好在有你幫我逮住這小鬼，謝了。」

孩子朝向聲源一看，發現追趕而來的地痞露出得意笑容。

青年並沒有轉向對方，他維持著原來的姿勢，愉快地道。

「好一個天上掉下來的禮物。完美符合渾身是傷的條件。」

地痞被無視而抗議出聲，伸手揪住青年肩頭。對方卻連頭都沒轉，直接揮開他的手。

「別用你的髒手碰我，我衣服會髒掉。」

他的話激怒了男人。對方鬼吼鬼叫著拔出腰上佩劍。

這時，青年終於轉過身子，但莫名地，他身體一軟，踉蹌後退。

赫袞拉倒抽了一口氣。

原來地痞舉劍縱身衝向對方，他的劍刺進青年的胸口，劍鋒自背後穿出。

可是，赫袞拉沒聽到半句呻吟，耳中甚至聽見語帶諷刺的聲音。

「……弄髒別人的衣服還不夠，居然搞出一個大洞。」

地痞的神色一滯，不知何時，青年手中冒出一把散發出幽光的黑刃匕首。

那把匕首迅速一閃。

對方按住脖子，口吐血沫，向後倒下。

青年用空出的手拔出胸口長劍，隨手丟棄。劍發出沉重聲響落地，刀鋒沒有血跡。而地痞在血海中掙扎了一會兒，就動也不動。

青年以死者衣服擦拭匕首上的血跡，接著將之收回黑色皮革刀鞘。

赫袞拉一直呆立在旁邊，這時他突然注意到一事。

這個青年的胸膛被劍刺穿，卻沒流半滴血。同時，他的腳下沒有影子。

原來世界上真的有鬼，或是幽靈、怪物、非人之物——不管怎麼稱呼，這是赫袞拉第一次見到真貨。而且不但沒有攻擊自己，還救了這條小命。

「……謝謝你救了我。」

「用不著道謝。我在找受傷的人，你要是變成屍體就白忙一場了。」

青年的胸口有道宛如黑色裂縫的傷口。他用指尖輕撫，傷口頓時無蹤，剩破洞的衣服。

消失的傷痕和青年的說詞在赫袞拉的腦中整合，他戰戰兢兢地問。

「你在找受傷的人……是因爲你不會受傷？」

「正是如此。你腦袋很不錯嘛。」青年用手背擦掉濺上臉龐的血。「還很勇敢。竟然爲了保護同伴，自願擔任誘餌。」

「既然你原本待在夜市攤販那邊，到底怎麼抄近路到我前面的？」

赫袞拉爲了甩開地痞，沿著複雜的巷道全速狂奔。照理來說沒人能夠預測他的去向。

「這座城鎮以東西向的運河爲界，街景截然不同。北方坐落著貴族與富商的宅邸，還有一家又一家的高級商店與餐廳；南方屬於小老百姓，有市場、工匠工坊、讓大家找點樂子的酒館跟妓院，還有墓園與貧民窟。根據剛剛那個男人的穿著，他是個貴族，而你算街友吧？」

「街友……抱歉，可以再說明一次嗎？」

「在這一帶區域要怎麼稱呼你們——你是『流浪兒』嗎？」

「嗯，是這樣沒錯……所以呢？」

「往貧民窟走，可以發揮地利之便，但同時會出現風險，讓殺氣騰騰的壯漢得知你們的根據地。就算他沒發現，也不難想像那個男人追丟了你，會攻擊其他的流浪兒洩憤。」

——對方只敢在城鎮南邊大搖大擺。他想必不敢在可能撞見與自己平起平坐貴族的地方，犯下追殺流浪兒的罪行。

這是赫裘拉緊要關頭冒出的念頭。因此他跨過運河朝北前進，行經醒目大街，逃到愈夜愈熱鬧的鬧區。

青年低沉且有磁性的聲線接下去道。

「我認爲有情有義的你會往運河北邊移動，就攔了馬車，叫車夫檢選人多的道路往北邊的鬧區去。然後，我果然成功超前，在半路上發現你。」

最後就是下車等你抵達而已。青年如此作結。

「小弟弟，你叫什麼名字？」

「赫裘拉。」

赫裘拉坦率地回答這個突如其來的問題。

「這樣啊。我叫業。」

沒有影子的青年自我介紹，便領著赫裘拉邁開步伐。

（3）拐孩怪

業走向大街招馬車，他讓赫裘拉先進車廂，告訴車夫目的地後出發。

這是赫裘拉生平第一次坐馬車。

馬蹄聲及車輪在石板路上滾動的聲響傳出，窗外風景開始捲動起來。

赫裘拉重新端詳起業來。

他膚色黝黑，留著鬈曲黑髮。鼻梁高聳，顴骨挺立。琥珀色的眼睛宛如蒸餾酒的色彩。右眼角有顆淚痣，但赫裘拉不確定這是不是現在流行的假痣。

沒有尖角、獠牙或鱗片。除了腳下少了影子，其他都無異於人類。

赫裘拉稍作思考，大膽提問。

「……你是拐孩怪嗎？」

「我沒影子，所以當我鬼怪，這我可以接受，」業一個頷首，繼續說道。「但指控我偷拐兒童就太過頭了。我貪圖贖金的話，不會選流浪兒下手。除非有驚世美貌，或者耐得住體力活的強壯體魄，這還找得到買家。但你認爲會有人刻意挑選沒什麼行情又渾身是傷的小孩子嗎？」

的確說不通。赫裘拉被說服了；另一方面，他發現業對「鬼怪」不置可否。

業反問：「你爲什麼用『拐孩』這說法？一般提起人口買賣業者時，更常用人口販子，而非誘拐小孩。畢竟被擄走的不一定是兒童。」

「『人口買賣業者』是什麼意思？」

「就是把人買來賣去的商人。」

「哦，這樣說我就懂了……我也不知道原因。這個說法是某個人起頭的。事實上，我有好幾個伙伴不見了。」

玩到天黑就會有人口販子把你綁走——鎮上每一位母親總把這句話掛在嘴上，但赫裘拉從沒聽說過哪個苦口婆心的母親被擄走孩子，鬧得全城沸沸揚揚。

三年間，就只有十二名貧困無依的孩子失蹤。

西邊鄰鎮，好像還有幾十名流浪兒不見蹤影。

業蹙眉。「這是我第一次聽到這件事。」

「這種事出貧民窟就沒人討論了。告訴官兵有流浪兒失蹤，他們也左耳進右耳出。」

「你也無父無母？」

「我是棄嬰。沒人管，樂得很。」赫裘拉露出戲謔的笑容。「那麼，不是拐孩怪的業，你要把我帶到哪裡去？」

「『療傷神手』科涅利烏斯的醫院。」

赫裘拉瞪大了眼。「我知道這個醫生。收費貴得要命。」

「順便一提科涅利烏斯是假名。本名叫西庇阿。」

「本名聽起來比較帥。」

「把你對西庇阿的了解全告訴我。」

然後，赫裘拉說出他所有知道的事。

西庇阿是約十年前搬來這座城鎮的開業醫生。他的醫院位於河對岸的富裕地區。他沒有家人，與助手欣姆茲兩個人打點一切。「療傷神手」這稱號出自傳聞，據說他知道將任何外傷——割傷、骨折或燙傷等等——復原到不留半點疤痕的方法。

療法是他的機密，無從確認眞假。

「我聽說過一個案例，」赫裘拉補充。「某個放貸人的獨生女在自家宅邸的樓梯上摔跤，臉上留下明顯大疤。她隔天要舉辦婚禮，難過地說：『因爲摔了一大跤就要將婚禮改期，我會丟臉一輩子。但頂著這種臉辦婚禮，我不如去死算了。』她的父親於心不忍，找上西庇阿。西庇阿就在那晚把女子臉上的疤處理得一乾二淨。千金小姐也得以用完美的臉龐迎接婚禮。可喜可賀。」

「聽起來眞怪，是誰把這消息傳出來的？難以想像怕丟臉一輩子的女人主動提起這件事。家人也一樣。這樣看來，是宅邸的傭人嗎？」

「我不知道傳聞，但西庇阿自己也說是眞的。」

「……你跟西庇阿直接交談過？」

赫裘拉點頭。「他大概不記得我的長相。但西庇阿每個月會有兩、三次跟欣姆茲一起來貧民窟發放滿滿一籃的麵包。這就是有錢人喜歡搞的『詞善是夜』吧。有免費的食物可拿，我才不管理由。」

「慈善事業啊。這類的有錢大爺很多嗎？」

「不多。偶爾而已，一般人通常來一次就沒有第二次了。貧民窟又髒又臭，錢包不小心還會被扒走，到哪裡都有人伸手討錢，每個傢伙都受不了。但西庇阿來貧民窟已經有三年了。」

「他爲何可以持續下去？」

「他喜歡聽我們講話。這才是眞正的目的，愛心麵包是額外福利。」

「西庇阿爲何想聽你們講話？」

「這個嘛，大概是只要不關自己的事，聽聽倒楣窮鬼的辛酸故事很有意思吧？他一定是用這個方式讓自己感到更幸福。畢竟就算有人受傷，他也絕不會治療。我們不可能付出高昂的醫藥費，這也沒辦法。」

「嘴巴眞利。」業笑了出來，從懷中取出某物。

赫裘拉原以爲是銀幣，沒想到是方形的金屬片。上頭刻著貓頭鷹的圖案。

「『療傷神手』的特殊治療是熟客介紹制，需要預約。這東西就是介紹狀。」

「……你怎麼弄到的？」

「想知道？」

直覺說不會是正經手段，赫裘拉決定不問了。

業解釋他從某人那邊接到委託，調查關於「療傷神手」特殊治療的眞相。因爲他沒透露委託人的身分與目的，赫裘拉正要進一步發問，卻用力咳嗽起來。跑了大半天又講個不停，他的喉嚨乾燥無比。

業不發一語地將吊在腰間的水壺丟來。

「謝謝。」

「你先去接受他的治療，清楚記住過程中每一個細節。」

業這麼說。赫裘拉喝了一口水，答道。

「知道了。下一步呢？」

「再陪我演一場戲。」

（4）以人類身分活下去

業說明完，馬車停下。

下了車，赫裘拉環視四周。石板路兩側高級商店林立。看來他們還在鎮北。業邁開步伐。拐過帽子店的轉角溜進小巷，登上陡峭坡道。

他在一間方正如箱的白色建築前停下腳步。

那正是西庇阿的醫院。

赫裘拉打從出生就不曾上過醫院。由於醫生收費高昂，他一直以爲醫院都建得跟豪宅一樣。但西庇阿的醫院跟他預期不同。大門離建築物不過幾步之遙。樸素的房舍外表遠比不上貴族宅邸。

夜已深，醫院的窗依然透出燈光。或許有想避人耳目的預約病患上門。

業的手剛搭上敲門器，某處就傳來一道聲音，制止了他。

赫裘拉將視線轉向聲音來源。

那個人剛剛大概待在暗處，因爲忽然間就冒了出來。門燈照亮他的臭臉與精悍身軀。是西庇阿的助手欣姆茲。他夜晚時分還在後院蒔花弄草，雙手跟鞋子沾滿泥巴。

業狐疑問道：「你是這戶的園丁？」

赫裘拉趕緊壓低聲音，說明欣姆茲的身分。

「這樣啊。」業簡短回應，對欣姆茲出示介紹狀。「我沒預約，但很急。能接洽嗎？」

欣姆茲面露難色。這也難怪，就算有介紹狀，半夜沒預約就來拜訪，未免太沒常識。

「大爺，你這樣我很爲難。我們家醫生不接沒預約的病人。」

「好，那這樣如何？就當你忙著在後院做事，沒注意到我們上門。不懂禮貌的病人看準門沒鎖，就擅自溜進去。」

業塞了個東西進欣姆茲的手裡。

「有時候難免粗心大意忘了關門。你說是吧？」

欣姆茲粗壯指縫間悄悄透出的形狀——正是金幣。他將金幣收進懷裡後解開門鎖。

「說得也對。要是有人擅自闖進去，我也沒辦法。」

「謝了。」

確認欣姆茲折回後院，業低聲宣告。

「去吧赫裘拉。輪到你上場了。」

赫裘拉緊張地嚥嚥口水，接著點頭。

一踏進玄關，便來到寬敞空間。暖爐前放著兩把舒舒服服的長椅，旁邊擺了一張小茶几。燭臺閃著火光，暖爐已經點燃，但房間依然陰暗。四處都沒見到像是醫療器材的器具。莫非診療間另有他處？赫裘拉正感到疑惑之時，附近響起了開門聲。

戴著單邊眼鏡的落腮鬍男人現身。是西庇阿。

那個——赫裘拉出聲。

西庇阿愣住，呆立原地一會，當他要開口時——

「『療傷神手』科涅利烏斯，我有事相求。拜託你在天亮前把這小子受的傷復原得完好無缺。」

業先發制人，他從懷裡取出綑緊的袋子，扔到圓桌。

其中清脆地響起金屬撞擊的聲響。

「我有三十枚金幣。你接嗎？」

赫裘拉不敢相信自己的耳朵。

一枚金幣價值一千枚銅幣。若赫裘拉繼續過著流浪兒的生活，有這三十枚金幣，他十年都用不著挨餓。

「好個厚臉皮的傢伙。你很習慣這樣硬幹是吧。」

西庇阿笑得樂不可支。他側著眼迅速將赫裘拉掃視一輪，接著朝袋子伸出手，清點著袋中物說。

「我平常不接沒預約的客人。也罷。我有我自己的作法，不想在診療過程中分心，陪病者在這裡等待。」

「可以。很高興你通情達理。」

西庇阿出去尋找助手欣姆茲。

欣姆茲從後院回來，立刻從候診間的櫃子拿出黑布條。他說這是這家醫院的規矩，並且蒙住赫裘拉的眼睛，在後腦勺打結。連病患都得蒙眼，保密防諜還眞是滴水不漏。赫裘拉試著瞇起眼睛，想看看能不能從縫隙看到什麼，卻失敗告終。

你先去接受他的治療，清楚記住過程中每一個細節。業曾如此命令。

既然無法依靠視覺，就只能豎起耳朵，並以指尖感受。

赫裘拉被欣姆茲拉著手，他仔細聆聽地走著。隱約聽見絞鏈摩擦聲。前進幾步，關門上鎖聲響起。他們進入診療間了。

「坐。」西庇阿說。

欣姆茲拉著赫裘拉的手觸摸一個有稜有角的堅硬物體。似乎是椅背。

赫裘拉以手摸索，緩緩坐下。

「身體這麼髒，我很難查看傷勢，能醫的都別想醫了。喂，欣姆茲。」

是。欣姆茲回應一聲。耳邊響起滴滴答答的水聲，以及擰溼布的聲響。

溼布壓上了少年的臉。

「也幫我擦擦眼睛周圍嘛。我都會閉著眼睛的。」

他們對赫裘拉的提議置若罔聞。

欣姆茲指揮赫裘拉舉起手臂向後轉，掀開他的衣服擦拭身體。

西庇阿似乎正同時診察起赫裘拉的傷勢。等欣姆茲擦完，他全數清點完手臂、雙腿與背上的傷疤及瘀青。保險起見，他還詢問赫裘拉這是否就是全部會痛的地方。

赫裘拉點點頭。

不久，西庇阿朗誦起一段旋律古怪，宛如咒語的句子。

那是異國的語言嗎？赫裘拉完全聽不懂。而且咒語又臭又長，他記不起來。他傷腦筋時，有個冰涼的玩意突地碰到傷口，赫裘拉身子一顫。好像是石片或金屬片。

這一碰，疼痛感旋即退去。

這樣的步驟重複十次以上。

赫裘拉牢牢記著外傷的數量。接下來剩右腿的瘀青一處。

西庇阿開始朗誦咒語的瞬間，赫裘拉執行計畫。

「——好痛！」

赫裘拉竭盡力氣大吼。他踢倒椅子，扯下眼罩。認出門所在的方位，他甩開欣姆茲的手拔腿就跑。

解鎖開門，便見到在另一端恭候的業。

「抱歉。我聽到這小子在大叫。」業臉不紅氣不喘賠罪，踏進了診療間。

赫裘拉繼續裝痛，偷偷觀察醫生與助手。

氣得滿臉通紅的西庇阿拄著細長的手杖矗立。欣姆茲則跪在鐵製的大桌旁邊。桌底下隱約可見一只繃皮箱，似乎是行李箱。當赫裘拉疑惑起為什麼這件物品出現在診療間時，忽然領悟了另一件事。

「是手杖！」

他指著西庇阿手杖尖端鑲嵌的黑色石頭。

「他一定是用那個黑色的石頭觸碰傷口治療！」

「至今以來並非沒有不肖之徒想刺探我的療法。不過，利用流浪兒反將我一軍的卑劣手段還是第一次遇到。眞是令人不悅至極——」

大吼大叫的西庇阿突然閉上了嘴，視線直盯著赫裘拉的背後。

赫裘拉一轉身，只見業茫然佇立，手中握著奪走地痞性命的黑鋒匕首——它的材質跟西庇阿手杖上的石頭十分相似。

「……搞什麼，你也是啊。」西庇阿喃喃說道。

業皺起眉頭。此時，敲門聲響起。

西庇阿臉色一沉，小聲催促兩人離開。不過他見到赫裘拉，又猛然改口。

「不，慢著。你們走後門。」

「為什麼？難道不能讓你尊貴的客人見到流浪兒？」

西庇阿沒有回答。他繃著臉，抓著赫裘拉的手臂就走。

出了診療間，他朝入口的反方向前進。醫院一樓除了候診間與診療間，還有另一個房間。拐過通往二樓的樓梯轉角，即可見到後門。

「科涅利烏斯，我們還沒談完。」快步追上的業出聲叫喚。

「現在不方便。」

「那我明天下午一點再來。」

「但我——」

「別不乾不脆，西庇阿。」

業搶先喊出醫生的本名，對方大驚失色。

「你也看得出來我眞正的目的不是幫這小子療傷吧。聽好，明天下午一點。你敢違約，我就揭發你在故鄉犯了什麼罪。」

業單方面的宣告，接著從西庇阿手中拉過赫裘拉，打開後門。

月光下的醫院後院寬廣，上頭滿是雜草。

西北方角落有一間倉庫，大門敞開著。堆放在屋簷下的部分柴薪垮落，一旁還設置著小型焚化爐。而倉庫前方，挖出了一個大洞，不知道是否是未來植樹的位置。

後院圍牆很高，爬藤繚繞。只要推開位在圍牆邊角的生鏽鐵柵門，就能夠避開接下來的患者離開醫院。而開啓的鎖頭大剌剌地掛在柵門上。不過，往那邊去的路上坐落著一個歪七扭八的大型木箱跟一根木樁。木樁上纏著一條粗重鎖鏈，直直延伸到箱子裡頭。那個木箱很可能是狗屋。

似乎是注意到赫裘拉的視線，戴著項圈的大型犬低吼著現身，少年不禁抓緊業的手臂。大型犬吠叫起來，試圖撲上前，只可惜鎖鏈不夠長，牠搆不到。那是一條垂耳瘦削的狗，渾身咖啡色，只有口鼻周圍是黑的。這條看門狗似乎受過訓練，一旦見到入侵者不僅會吼叫，還會啃咬攻擊。

赫衮拉。業叫了他的名字。

「跟我說說診療間發生了什麼事。」

「……現在在這裡說？」

「對。」

「但要是西庇阿聽到呢？」

「他們聽不到。至少在病患回去之前，我們還有時間。」

赫衮拉視線轉向醫院。仔細一看，二樓面對後院的牆壁沒半扇窗戶。二樓擋雨板緊閉。不過後門有扇小窗，微微透出燈光。

盡忠職守的看門狗還在繼續吠叫。

吵死人了。業低喃。他脫下大衣叫赫衮拉拿著，捲起袖子，並從腰間懸掛的皮製圓筒取出長達十公分的針。

業湊近吠叫的看門狗，在鎖鏈的極限邊緣蹲下。

接著他隨意伸出左手。

盛怒的看門狗緊咬住業的左手不放。同一時間，他將右手的針頭戳向看門狗頸部。

看門狗渾身抽搐起來，過了一會再也不動。

業拔出針，左手從狗嘴中抽出。被咬的痕跡轉眼間消失無蹤。他整理好袖子，從赫衮拉的手中接過大衣。

「……你殺了牠？」

「我才沒殺。狗死了，西庇阿會起疑。」

赫裘拉小心翼翼地走近看門狗。牠瘦得肋骨根根可見的胸膛，緩緩地一張一縮。狗的餐碗空空如也，乾淨到應該是徹底舔過。西庇阿可能為了讓狗攻擊入侵者，刻意不提供牠足夠的食物。

業走進倉庫。他取出提燈，用火柴點起，照亮了後院。

他又在倉庫翻出柴刀跟鐮刀，一下挖開地上的洞，一下窺看起狗屋。起初赫裘拉還擔心要是西庇阿發現他在後院胡搞瞎搞該怎麼辦，但見業隨心所欲地探索久了，他也開始覺得這院子本來就很亂，想必不會被發現東西異位。

赫裘拉跟著業走來走去，說明治療過程。他坦承自己記不住那串咒語似的話語，意外沒受到挨罵，反倒不太適應。

他說完的那刻，業將一隻手臂伸進熄火的焚化爐翻找。他抽出手時，一把灰燼從指間漏下，他審視著殘留在手心裡像白色石子的物體，接著收進懷裡。

「你找到了什麼？」

「西庇阿遮住病患眼睛，到底是怕人看到什麼？」

聽了業的反問，赫裘拉回答。

「不就是手杖？」

「你逃跑的空檔應該夠西庇阿藏起手杖了，不是嗎？」

赫裘拉想，對方也可能一時反應不及，但沒說出口。從業的口吻聽來，應該不是手杖。但他想不出別的答案。

「……明天我仔細巡一遍診療間再回答你，好嗎？」

接著赫裘拉下定決心，帶著業來到後門前。

後門鎖住了。

你等著看──赫裘拉說完拿出總是準備在口袋的鐵絲，數十秒就打開門鎖。不是值得褒獎的特技，但很管用。

「西庇阿已經有戒心。我想明天見面時，他不會放你進他寶貝的診療間。而且他也怕跟你獨處，會找欣姆茲充當保鑣陪伴。只要鎖定這段時間，我就能溜進沒人的診療間。」

「你要拿牠怎麼辦？」業指著看門狗。

狗未必像今晚這樣鍊住。赫裘拉沉思半晌，指了指空蕩蕩的狗碗。

「狗平常餓肚子。給牠大塊肉，牠吃的時候應該就安靜了……但我沒錢買肉。」

「我來出這隻狗的伙食費。」

業從懷中取出錢包。他給的銅幣遠超過買一塊肉的錢，但不嫌多，赫裘拉默不作聲。兩人這才離開了後院。

回到貧民窟的途中，少年在橋上仰望著夜空高掛的月亮。那是離正圓還差一把勁的銀月。如果明晚夜空依然晴朗，或許能見到滿月。

赫裘拉喜歡滿月，月亮就像在天邊守護著自己。

他的視線不經意轉向走在身旁的青年腳邊。

不管是街燈或月光，都沒辦法在業的腳下形成影子。

西庇阿等人似乎沒察覺到業沒有影子。因爲室內昏暗嗎？還是眼中只有金幣？

話說回來，付給西庇阿的金幣，業又是怎麼弄來的？一般應該是委託人提供的，但一口氣砸下三十枚金幣這種巨款，對方還眞不是普通有錢。他還能號令有兩把刷子的業，想必是個大有來頭的妖魔鬼怪。

「我說業，你的委託人也沒有影子嗎？」

業聳肩。「怎麼可能。正常人類一定有影子。」

赫裘拉驚訝得雙眼圓睜。

「你爲什麼要聽人類的話？」

「你自己不也是人類嗎，赫裘拉？」

你不要岔開話題啦。赫裘拉忿忿不平噘嘴。他加快腳步，擋在業的前方。赫裘拉身材矮小，業又十分高大，無論如何都得抬頭仰望。

「這說不通。你身手高明到能輕鬆反擊地痞，腦子轉得很快，把醫生耍得團團轉。你遠遠比普通人更能幹。接到麻煩的委託，應該可以推回去叫對方自己處理。憑你的本事，用不著對人低頭就能活下去。」

業在原地單膝跪下，認眞凝視著赫裘拉。

「是啊。如果我天生就是非人之物，說不定就會這麼想，看不起人類。可惜——我是從人類身上分離出來的影子。」

「……從人類身上分離出來的影子？」

業從黑皮刀鞘中取出匕首。

「原本擁有我的人類以三十枚銀幣的代價，讓影子與自己分家。當時用的工具就是這把匕首。托這玩意的福，我獲得了自由。」

沐浴在月光下的匕首，散發出黑曜石般的光芒。

西庇阿的手杖上，也鑲嵌著跟這一模一樣的黑色石頭。

他想起地痞的劍在業的胸膛上戳出黑色裂縫。那細微的破口，馬上就癒合起來。

「我想要以人類的身分在人世間活下去。或許因為我是影子。影子總是會模仿物體。

人類的影子習慣精確模仿人類。這不是理性可以克制的事。這是我的天性。」

業笑了。赫袞拉覺得他的笑容，很像他們這些孩子。

嘴角笑意猶存的業繼續說道。

「因此我爲了實現我的願望，願意做任何事。要我對人類低頭也在所不惜。」

赫袞拉指著匕首詢問。

「剛才你被西庇阿的手杖嚇到，是因爲裝飾的石頭跟那把匕首很像嗎？」

「沒錯。這把匕首的原物主死了，我一直以爲再也查不出他是在哪裡跟誰弄來的。」

「你查出這個，又要做什麼？」

「我要去見能創造出分離人與影的匕首、這種違背世間常理物品的人。我要他幫我打造某樣東西，好讓我輕鬆過人類生活。比方說有個假影子就很方便。」

業將匕首收回刀鞘。

「……怎麼樣，赫袞拉？這下你的疑問解開了嗎？」

赫袞拉點頭。

業起身，再次邁開步伐。赫袞拉追隨在後，心中忽然想到。

從過去到現在，有哪個成人曾經像他這樣認眞回答赫袞拉的疑問？

世上充滿他不懂的事，但只要踏出伙伴所在的貧民窟一步，就無人回答他的問題。

多數人在他提問後仍當他這個人不存在，有些人則隨口唬弄他，還有些人怒罵他煩人，對他飽以老拳取代回應也絕非新鮮事。

撿破爛的小孩願意聽他說話。但他們只對關乎生計的問題感興趣，像是能撿到許多廢鐵的寶地或布施剩飯的店家。對他們拋出無望解答的疑問，他們只會同感疑惑，佩服赫裘拉注意這些有的沒的，就不了了之。

赫裘拉總是告訴自己，這也是無可奈何。

誰叫流浪兒就是微不足道的存在。

要活過今天便精疲力竭。

不抱持期待，就不會受到傷害。

說不定業對他這麼好，也是因爲赫裘拉還有任務沒完成。事成後，他一定會被拋棄。

赫裘拉想著這種事不發一語前進，不知不覺，周遭已恢復成他熟悉的街景。

赫裘拉遙望貧民窟的老巢問道。「你家也在這附近？」

「我寄宿的旅社在西側河岸。」業指了指剛才走來的方向。「不過這附近不是有拐孩怪出沒？」

赫裘拉怔住了。

接著他明白業是怕自己被擄走，才爲他送行到貧民窟附近——心頭一股酸麻。

業不知道怎麼解釋赫裘拉的沉默，繼續說道。

「沒有影子的怪物就在此告退。嚇著你的伙伴就糟了。明天萬事拜託，赫裘拉。」

「等等。我再問一件事。」

赫裘拉叫住正要離去的業。

「怎麼？」

「……要是計畫順利，你會給我金幣嗎？」

「流浪兒手上有金幣，最後想必會遭人懷疑偷竊，扭送官兵。你說是沒影子的怪物送的，恐怕不會有人相信。」

他說得沒錯，完全無法反駁。

赫裘拉正感到失望，臨走前，業說道。

「別這麼沮喪。一旦事成，我會給你相應的報酬。」

與業道別的赫裘拉，在貧民窟狹窄複雜的小道奔跑。

據說貧民窟在這座城市建運河之前，原本是日工挑夫們居住的旅社街。船運成為主流後，挑夫就失業了。多數人離開這座城市，但少數人留下來。

年久失修的旅社被棄置，往後成了窮人的聚集處。

撿破爛的孩子當成根據地的小屋，雖然破舊傾斜，至少可以遮風避雨。

這座城鎮撿破爛的孩子，共分成三個集團。赫裘拉率領的集團是最新的一群，全體成員年紀都在十三歲以下。

赫裘拉是成立以來第三代首領。頗有人望的第一代首領因馬車車禍喪命；單純因為年紀大而被選出的第二代首領，捲走大家攢下的錢開溜了；儘管人員時常更動，但赫裘拉從十一歲起，就開始統領集團裡約十五名流浪兒。

回到根據地，他見到小屋前點了火堆。

八名伙伴圍在火堆旁。他們見到赫裘拉，似乎鬆了一口氣。

「我還以為連赫裘拉都不見了。」

「有人消失了？」

「那個聲音很小的賣水女生。她才從別的鎮上過來，總是孤零零的。」

「……還有雨果也沒回來。」

雨果逃離以後，據說一度回到根據地。但保護自己而被追逐的赫裘拉還沒回來，擔心的他不顧伙伴阻止，再次離開。

雨果用顫抖的聲音如此主張——我絕不要赫裘拉在逃跑時碰上意外，像席瓦克一樣死在路邊。

四年前，被馬車撞上的首任首領席瓦克並未當場喪命。

他是在人來人往的大馬路碰上車禍。但沒有任何人幫助摔落路邊的流浪兒。赫裘拉一行人在半天後找到他，他已奄奄一息。

赫裘拉的集團決定去尋找雨果。

他留下兩個人保護還在睡的幼兒，七個人出了根據地。

有人提議分頭找人，赫裘拉堅決反對。他主張落單時被拐孩怪逮住，就討不了救兵。集體行動比較安全。

雨果去得了的範圍，並沒有多遠。

然而巡遍心中每個有機會的場所，仍找不到失蹤的伙伴。

赫裘拉悔恨地緊咬下唇。

「假如我們全是有錢人的小孩……只要少了一個人，就會鬧得全國雞飛狗跳。」

旭日東昇時，赫裘拉與伙伴們肩並著肩，陷入短暫的睡眠。

（5）誘餌

隔天下午一點，赫裘拉目睹業進入西庇阿的醫院，便開始行動。

環繞後院的圍欄柵門，今天上鎖了。

赫裘拉將一路捧來的籠子放在地上，透過柵欄的隙縫窺看後院。

看門狗似乎在狗屋旁睡著了。不過沒戴項圈。

赫裘拉暗自祈禱狗繼續安眠下去，拿出鐵絲。

鎖頭喀嚓一聲開啓。

一推門，絞鏈就嘎吱作響。

不知道是聽到這陣噪音，還是嗅到入侵者的氣味，看門狗醒過來。

赫裘拉連忙打開籠子，將內容物對著看門狗的鼻頭拋出。

籠裡的生物——活生生的兔子順利著地。兔子抽動鼻頭，察覺危機，拔腿就跑。

看門狗追著逃跑的獵物飛奔而去。

赫裘拉趕往醫院的後門，將鐵絲插進鎖孔，不費吹灰之力就打開了開過一次的鎖。他鑽進屋裡關上門。業提供的狗食費遠超過買一塊肉的錢。於是赫裘拉決定在市場買一隻肉用兔子。他判斷一隻受過訓練的看門狗，想必會追逐逃跑的獵物。

此時，他突然想到。

「……話說回來，回程我該怎麼辦？」

兔子要是逃出生天，看門狗就會回到狗屋；就算兔子被逮住，也爭取不到夠長的時間。看似高額的費用，莫非包含潛入醫院與逃脫兩次的份？事到如今，已經後悔莫及了。

赫裘拉決定之後再想辦法，現在專心處理眼前任務。

他壓低呼吸聲在走廊前進。

醫院一樓不只有候診間與診療間，還有另一個房間。業說那是貴賓室。他在赫裘拉接受治療時擅自闖入房間偷看過。

經過貴賓室的時候，裡頭傳來了交談聲。

業低沉清晰的嗓音，隔著門板也聽得一清二楚。

「西庇阿，要不要來臧達爾？該國的軍工業重鎮克洛亞商會，他們有意委託『療傷神手』來治療傷兵。只要你接受條件，我立刻幫你跟軍隊高官打通關係。你也不打算一輩子只做個小鎮醫生吧？對了，還有欣姆茲。我再問問能不能帶助手。」

赫裘拉疑惑地歪頭。

業接到的委託，應該是「調查『療傷神手』的特殊治療」才對。他聽到的可不是帶走西庇阿。又不是拐孩怪——聯想到這點時，他恍然大悟。

說不定業的目的，本來就是將西庇阿連人帶杖擄走。

綁架可不是說擄就擄。假如西庇阿突然失蹤，那些有錢熟客想必不會罷休，可能還會要求官兵出動。但要是西庇阿出於合情合理的理由結束醫院離開這座城鎮，那就不同了。

耳邊傳來業的笑聲，赫裘拉猛然回神。現在可不是偷聽的時候。

他再次用鐵絲撬鎖，進入診療間。

一進門左手邊的暖爐沒點燃。大概因為這樣，室溫比昨晚更冰冷。

赫裘拉深呼吸，接著環視室內。這次可要冷靜觀察，找出蛛絲馬跡。

房間正中央擺著一張鐵桌，那是提供病患躺臥的平臺，這叫做手術臺。這是業告訴他的知識。

牆邊有個附抽屜的置物櫃。置物櫃上方的架子，放了滿滿一排裝著液體或粉末的玻璃瓶。醫生與病人坐的椅子，位置跟昨晚一樣。一旁的書桌上放了工整疊好的白布、紙堆、墨水瓶與筆等雜物。

這房裡有一堆物品。一個個慢慢找，幾十分鐘絕對跑不掉。他須想好從哪裡下手。業的話語忽地掠過腦中。

——你逃跑的空檔應該夠西庇阿藏起手杖了，不是嗎？

這麼說來，西庇阿與欣姆茲沒藏手杖，而是做了另一件事嗎？

欣姆茲試圖抓住赫裘拉，才失敗一次，他就乾脆放棄了。

赫裘拉沒注意到西庇阿在做什麼。他當時背對著西庇阿。

他靈機一動。

除了手杖，這個房間還存在著另一項不能讓患者知道的祕密。兩人選擇優先隱瞞那項祕密，因此無暇逮住赫裘拉，也來不及藏起手杖。

這樣的話，他就有頭緒了。

赫裘拉來到手術臺旁邊，蹲下身子。

之前看到的大型繃皮行李箱還塞在手術臺下。這個箱子大得誇張，屬於有錢人會使喚僕役搬運或丟上馬車，總之絕對不會想自己扛的那種。

赫裘拉判斷自己扛不動，他緩緩拖出箱子。行李箱外面捆了兩條寬闊的帶子，蓋子上還加裝一道鎖。輪到鐵絲出場了。

不一會兒，喀嘰一聲，鎖解開了。

裡頭空蕩蕩的。

行李箱內部留有歲月痕跡，隨處可見褐色汙漬。就連蓋子內側也布滿磨痕，那是數組五道並排的刮痕，就像貓爪抓過。赫裘拉不經意拿自己的手指比對刮痕，當場僵住。

刮痕完美吻合。那些褐色汙漬的眞面目是——

赫裘拉不禁向後跳開。

這一跳不愼撞上櫃子，哐啷一聲發出物品碎裂的巨響。他一看，陶瓷擺設碎了一地。

遠處傳來開門聲。

他原本要躲進暗處，隨即又想到得將行李箱歸回原位。

赫裘拉急急忙忙將箱子恢復原狀，推回手術臺下方。

腳步逐漸靠近。正當他猶豫該躲在哪裡，門就開了。

「你在搞什麼鬼！」

他轉過身，見到欣姆茲站在他面前，氣喘吁吁踏進診療間。

赫裘拉四下找起生路，忽然驚覺：對了，這房間沒有窗戶！

情急之下，他隨手抓起書桌上能抓的物品扔擲。墨水瓶命中對方腹部，讓欣姆茲退縮。他正感到慶幸，準備穿過欣姆茲身邊溜走的那刻，摔了一大跤。勁道之劇烈，弄得他腳下的地毯都皺了起來。

欣姆茲發出怒吼，朝赫裘拉伸出手。

就在此時，悶聲響起，欣姆茲的身體應聲傾斜，倒在地上。

業那揮動撥火棒的手還定在原位，他便開口。

「站得起來嗎？」

欣姆茲的後腦勺出現一個宛如熟透石榴迸裂的傷口。

「……謝謝你救了我。」

「用不著感謝。你現在被抓，我的大好計畫就報銷了。快躲起來。」

業把撥火棒丟在地上，將赫裘拉推到門邊的死角裡。

「怎麼回事?」

晚一步現身的西庇阿戰戰兢兢問道。

業一副事不關己地淡然回應。

「好像有人闖進診療間。」

西庇阿驚愕地大叫欣姆茲的名字。

赫衮拉躡手躡腳轉身，從門後死角窺看室內狀況。

自己剛才絆倒時掀起了地毯，讓底下些許方形木框及看似握把的拉環露了出來。

這裡有地下室。

業在欣姆茲身邊蹲下。手指按在他脖子上，說欣姆茲還有呼吸。

「欣姆茲應該是撞見入侵者，遭對方毆打頭部。凶器大概就是那把撥火棒。」

「外行人別亂碰。你給我出去。」

「出去?啊，陪病者要在候診間等待是吧。」

到了這個關頭，西庇阿仍然不想讓人見到他的治療過程。

「西庇阿，這座城的義警團哨所在哪裡?」

「廣場旁邊有分部，不過鎮南的總部更近。」

「告訴我怎麼走。」

「越過離這裡最近的橋，穿過市場到大馬路，再在劇院右轉，馬上就能見到總部那棟樓——你要報警？」

「不然你是想告訴小偷，這家醫院就算被人擅闖也不敢報警嗎？放心，我不會提起那把手杖。你快趁我回來前把那傢伙治好。」

西庇阿蹲低身體，查看助手傷勢。

在這個空檔，業將赫裘拉從門的死角拉出來。

業與赫裘拉來到河的對岸，走進人擠人的市場。

赫裘拉在路上向他報告行李箱內的血跡與抓痕。

「那個皮箱是治療失敗，用來棄屍的工具。裡頭一定有回魂的病患，才會留下那些抓痕……」

「那種在意外時才用的皮箱，會放在診療間嗎？」

確實有道理。稍微恢復冷靜的赫裘拉，回顧剛才發生的事。

「我說業，等欣姆茲甦醒，西庇阿就會知道我出現在診療間吧？你敲了欣姆茲的事也會穿幫。」

「你希望我做得更絕嗎？」

「……倒也不是。」

「對了，你講的故事發揮不少用處，赫衮拉。」

「咦？」

「我去見了放貸人的獨生女。」

原來是指婚禮前一晚摔下樓梯，接受西庇阿特殊治療的少女。

「……虧你用半天就找到她。」

「我運氣不錯。她是社交界名媛。靠豐厚嫁妝嫁進某個貴族家後，夜夜在舞會與酒宴流連，比單純人家的女性更容易邀約。」

「你有什麼新發現？」

「關於特殊治療的步驟，我聽到很有意思的傳聞。她說自己看診的時候，陪她一起去的貼身侍女也進了診療間。」

「可是陪病者不是得待在候診間嗎？」

「放貸人的女兒滿腦子只有自己臉上的傷，不記得侍女有沒有蒙面。不過，她提到侍女後來直接住院了。」

「住院？可是她又不需要治療。」

「放貸人的女兒一出診療間就自行拿下眼罩。應該是想趕快照鏡子確認臉上傷口狀況。那個時候，她在短短一瞬間，從門縫窺見了診療間的內部。她發現侍女躺在手術臺，臉上蓋了白布。」

「……她死了嗎？」

「不，隔天傍晚，有人發現那位貼身侍女睡在傭人的寢室。她被叫醒時，精神恍惚，就像宿醉。因爲放貸人針對前一晚的事下了封口令，其他傭人都不知道背後隱情，認爲她是預祝喜事玩瘋了，又喝太多酒。事後，放貸人的女兒問起侍女，侍女卻說不記得進診療間後的事，而那女人認爲整件事聽起來毛骨悚然，所以乾脆將侍女掃地出門。我也沒去追蹤侍女的下落。」

「無法確定貼身侍女的出院時間啊。婚禮當天賓客進進出出，會不會是欣姆茲乘機把她送回來？話說回來，住院時到底發生了什麼事？」

「她宿醉的狀態，如果是因爲她被投予藥物——」

「『頭與要務』是？」

「我不是拿毒針刺了後院的狗嗎？那也是一種神經毒。藥效過量的話會殘留一段時間。回到正題，眞正的關鍵是她看診的步驟跟你不一樣——我推測得出這件事的理由。因爲放貸人沒有預約。」

「我去的時候也沒有預約啊。」

「但昨晚有其他病患預約。我們是在他事先做好準備的狀況下登門拜訪。」

「說得也對。」

「他奉爲機密的特殊治療，並不樂見無利害關係的第三者涉入。但西庇阿仍不得不這麼做，也就是說，貼身侍女的存在有無可取代的理由。」

「……什麼意思？」

「這我接下來才要確認。」

業一邊說話，讓路給捧著巨大購物籃的女孩。下一秒，一輛行商貨車從眼前橫行而過。赫袞拉閃閃躲躲地追上業的腳步。下午的市場熱鬧無比。一不注意就會被人海淹沒。抬頭可見一片晴空。

赫袞拉不經意想起，這裡明明人山人海，卻沒有任何人發現業不是人類——察覺到他沒有影子。比起人煙稀少的路，這種擁擠到你我影子交疊到難以辨識的人潮，才是業最便於行走其中的場合。

冷不防地，背後傳來模糊的呻吟。

赫袞拉轉身。首先映入眼簾的是一頂裝飾著招搖羽毛的帽子。

帽子主人向前傾斜癱倒。帽子脫落，露出他的臉。是西庇阿的助手欣姆茲。

欣姆茲跪在地上，左手握著那把手杖，右手按著側腹。鮮血從指縫滴落。一把染紅的白刃掉落在他身旁。

慘叫聲響徹周遭。

赫裘拉再次轉身，嚇了一大跳。他竟然跟丟了業！

此時，欣姆茲抓住他的腳用力扯。

「哇！」少年大叫一聲。

欣姆茲試圖將手杖伸往赫裘拉的臉。少年見到黑色石頭沾著血跡，同時想起——手杖只有在石頭直接接觸傷口時，才能發揮特別的力量。

赫裘拉反射性抓住手杖，推開臉旁。他與欣姆茲四目相交。對方緊咬牙關，忍耐劇痛，突然渾身一陣猛烈抽搐，就趴倒在地。

血在地上迅速擴散。

一名中年男子上前靠近欣姆茲。只見他呼喚欣姆茲，搖晃身體，接著在檢查呼吸後低語，「他快沒氣了。」

赫裘拉抬起眼。

欣姆茲的四周聚集了一大群看熱鬧的群眾。

西庇阿正推開人牆擠進中心，而赫裘拉慌慌張張地準備開溜。

「別讓那小鬼逃了！他偷走了我的手杖！」西庇阿大叫：「他身邊應該還有個高個子

男人，是個膚色黝黑的異鄉人。那傢伙刺殺我的助手——」

「他不是凶手！」赫裘拉情急大叫。

吵吵嚷嚷的圍觀群眾瞬間安靜下來。

他有理由斷言業不是凶手。如果他有意殺害欣姆茲，大可像方才他自己說的那樣，在診療間痛下殺手。絕不可能選光天化日在人擠人的市場裡刺殺。萬一這種醒目的舉動引起他人注意，周遭的人也極可能察覺——他沒有影子。

但他說不出眞正的理由。就算說了，想必也無人採信。

赫裘拉從欣姆茲手中搶走手杖，高聲說道。

「對不起，科涅利烏斯醫生！其實是欣姆茲先生要我偷你的手杖。他說要是自己也有讓傷疤消失無蹤的手杖，就可以成爲名醫發大財。可是等我把偷來的手杖交給他，他卻突然拿出刀子……仔細想想，他應該只是想確認手杖的力量吧？可是我嚇了一大跳，扭打的時候不小心刺到他。」

西庇阿難以置信地瞪大了眼。「你、你少扯謊——」

「不相信我的話，你可以去問欣姆茲先生。快用手杖治好他！」

圍觀群眾的視線轉向西庇阿。

「話說回來，我聽過『療傷神手』的傳聞。」

「據說他能讓任何外傷都消失無蹤。」

「眞是可疑。」

「那孩子說得沒錯，快救救你的助手啊。」

「別說蠢話了，不管怎麼看，他都沒救了。這把手杖對死人起不了作用。」

西庇阿反駁看戲的風涼話。

「你說什麼？扯這些道理，根本是你醫術不到家吧？騙子。」

「你敢說我們蠢！」

「手杖被偷，就對助手見死不救是吧。」

接二連三的唾罵，讓西庇阿的氣焰削弱不少。

赫裘拉趁著西庇阿分心之際，高舉手杖大叫。

「來人啊，快代替科涅利烏斯醫生治療欣姆茲先生吧！」

一拋下手杖，眾人旋即爆出歡呼。

西庇阿發出怒吼，一如預期前來奪回手杖。

赫裘拉拔腿就跑。

他不能回伙伴身邊。西庇阿知道拾荒兒的大本營。他要是想收拾赫裘拉，遲早會過去尋人。若業宣稱報警一事可信，往義警團哨所前進，應該就能與他碰頭。

但要是沒找到人呢？

赫裘拉是流浪兒集團首領，一直以來把伙伴放在第一，伙伴都很仰賴他。再怎麼努力蒐集廢鐵，要活過當天便已精疲力竭，未來沒有任何指望。一出貧民窟就會受到非人待遇，只因爲他是流浪兒。即使如此，爲了伙伴，他不曾對殘酷的現實低頭，一路勇敢面對。

其實他很希望有人幫幫自己。只要願意保護他，哪怕是沒有影子的怪物也無妨。更不要說業對待他的態度，就像他是有尊嚴的人。

他不希望聽到業宣布自己任務結束，因此主動提議協助。爲了遵守與他的約定，赫裘拉放下拾荒，甚至暫停搜索失蹤的雨果。

他覺得自己很自私。

不過他一開始就很清楚，事成後一定會被拋棄。

流浪兒追根究柢就是微不足道的存在。

他害怕見到業不告而別，腳步變得沉重。疲勞一湧而上。沒睡飽又餓著肚子跑了大老遠，身體來跟他討債了。

他低著頭拖著步伐前進。剛剛被欣姆茲抓住的腿，上頭還留著鮮紅色的血指印。用這副模樣前往義警團哨所，官兵又會說些什麼？

一道熟悉的聲音冷不防響起。

「走路不看前面，小心又要跌倒了。」

「……業！」

赫裘拉訝異得瞪大雙眼。業不知道什麼時候，來到身邊並肩而行。

「其實你情急撒的謊挺有一回事，但欣姆茲死了。視西庇阿的證詞而定，你可能無法在這個城鎮待下去。」

「要是我走投無路了，我就跑路……還是說業，你會幫我？」

業先是露出有點驚訝的表情，接著笑了。

危險時刻過了。一卸下重擔，精神解除緊繃，意識忽然遠去。

感覺到有雙大手接住他脫力的身體，赫裘拉闔上雙眼。

（6）非人之物的推論

遠處傳來笑聲以及氣氛歡樂的音樂。

赫裘拉緩緩撐開眼皮。映入眼中的天花板不是平時熟悉結滿蜘蛛網的那副模樣，反而潔白平坦，也沒感受到過往那冰冷直沁骨髓的寒風。

他身處陌生的房間，似乎在醒來之前就已經躺在床上。腦袋稍微恢復運轉後，赫裘拉起身環視室內。這是個缺乏情調的小房間，只有高度及腰的矮櫃、木椅及床鋪。窗邊的角落放著某個人收拾好的行李。矮櫃上有個似曾相識的水壺。

口很渴。赫裘拉舉起水壺，開蓋直灌。

打開窗戶，滿月從低空升起。如今已經入夜。酒館的喧騰與樂師演奏的弦樂器樂聲傳入耳中。這裡似乎是某間酒館街上的旅社二樓。

業上哪去了？思考起這件事時，記憶湧回腦海。

欣姆茲的死狀歷歷在目，赫裘拉打了個哆嗦。褲子沾上的血跡色澤已開始轉暗。他想仔細查看，將水壺放在矮櫃上，突然察覺一件事。

赫裘拉坐上椅子，拿自己的手比對指印。

指距並不吻合。

赫裘拉奔往西庇阿的醫院。

後院門的鎖頭已經開了，他推開門踏入院子，猛然想起看門狗的存在。不過他沒聽見吠叫聲。望向狗屋，旁邊倒著某道褐色的影子。

他躡足接近。只見看門狗瘦巴巴的胸口，緩緩上下脈動。

「狗原來也會記取教訓。牠對我有戒心，不敢隨便靠近。」

赫裘拉嚇得跳起來。

回身一看，一名彷彿與暗夜化爲一體的漆黑青年，低頭盯著赫裘拉。

「針頭斷了，都是因爲這隻狗在我下針時奮力掙扎。話說你爲何在這？」

赫裘拉重重吞了口唾液，語帶顫抖答道。

「我終於懂了。那不是貓，也不是病患的屍體。那是——」

「赫裘拉。」

青年以安撫的口吻叫住自己，赫裘拉不再作聲。

業悄聲說道。

「你能發誓你不會妨礙我嗎？」

他聽起來就像在警告，甚至是命令。赫裘拉點點頭。

「那就一起來吧。」

業走向後門，取出一些工具，熟練撬開鎖。

後門開啓，赫裘拉深呼吸一口，踏入屋內。走廊的燈是亮的。今晚應該有約診。長年僱用的助手遇害，西庇阿居然不歇業。不過，也可能是任性妄爲的有錢貴族不准他休診。

赫裘拉壓低聲音問：「……我昏過去的期間，你都在幹麼？」

「我先找了公墓的守墓人聊天，接著去了西方鄰鎮的貧民窟。」

「鄰鎮？」

「到三年前為止，那裡約有六十名左右的流浪漢失蹤。」

「……這麼多人！」

「有個妻子被拐走的年輕男子找上官兵告狀。起初沒人理會，但他踏踏實實四處查訪，發現其他流浪漢也失蹤了。一旦得知失蹤者超過六十人，官兵只能心不甘情不願地出動調查。不過，調查才剛展開，失蹤案就不再發生。想必是綁匪察覺危險，換了作案區域。時間上——」

「正好符合西庇阿在這座城裡的貧民窟開始慈善事業的時期，是吧。」

「沒錯，就是這樣。」

業在診療間前停步。

房裡傳來聲響，但沒聽見交談。病患似乎還沒抵達。門鎖起來了。

「你去敲玄關。」業小聲指示。

赫裘拉穿過空無一人的候診間前往玄關，接著小心推開厚重門扉到屋外。直到昨晚，敲門聲一響，助手都會前來恭迎病患，但今晚西庇阿只有一人。一旦病患上門，他就得離開診療間。

赫裘拉敲了三次門，保險起見，隔一會再敲三次。然後，他打開玄關，觀察室內。診療間的門開著。

確認計畫順利，赫裘拉前往診療間。

迎接預約病患，暖爐升起火，燭台點亮火光。

西庇阿與業，兩人隔著手術臺對峙。

西庇阿握著手杖，怒視著業咆哮：「就、就是你殺了我的助手！」

業聳肩否認。

「我沒殺他。不過，我請他大力協助，確認那把手杖的力量。」他指著手杖，說道。「那不是治癒人體的手杖。依我看，它是使用尖端的黑色石頭直接觸碰患部，即可將人的傷疤及疼痛轉移給他人的手杖。」

「你少胡說八道⋯⋯」

「證據就在地下室。」業一口咬定。「欣姆茲死後，你失去平常爲特殊治療做準備與善後的助手。官兵偵訊占用你許多時間，你今天下午無法自由行動。醫院後院的景象看起來跟昨晚一樣。這樣看來——欣姆茲頭部傷勢被你轉移的證據，你很可能還沒空處理，擱置在地下室。」業用後腳跟敲敲地板。「我說得沒錯吧？」

一時之間，西庇阿啞口無言。

赫裘拉反手帶上診療間的門，唯一的出入口就此封閉。

注意到聲響的西庇阿，驚愕地望向赫裘拉。

赫裘拉瞥一眼丟在手術臺底下的行李箱。比對白天潛入時，箱子換過方向。

「當時，你用特殊方式治療了被我痛毆的欣姆茲，問出了事發經過，接著就急著要我的命。不趕快阻攔，不知道我會怎麼跟官兵告狀。不過，你不想親自冒險，所以想依賴手杖的力量，於是將手杖交給欣姆茲。」

「……也就是說，你看穿我的盤算，反擊殺了欣姆茲？」

「不，正好相反。我設計你們用手杖作武器，讓欣姆茲取我性命。他是自取滅亡。」

「自取滅亡？」

「我今天凌晨，去見了你治療過的放貸人獨生女。她告訴我一件很古怪的事，明明是她接受治療，卻是她的貼身侍女住院，臉上據說還蓋了白布。那其實是用來掩蓋轉移過去的傷疤。我下午也和公墓的守墓人聊過，你似乎沒竊取人類屍體的跡象。恐怕那把手杖只能讓傷勢在活著的人類之間轉移吧？」

西庇阿沒有回答，業毫不介意，繼續說道。

「你爲了不讓欣姆茲在關鍵時刻退縮，先讓他服下鈍化痛覺的藥物才放他出門。欣姆茲在混亂的市場發現我之後，愼重地在自己肚子上刺了不會立刻斃命卻會成爲致命傷的一刀。手杖也是照著你的指示正確使用。然而傷勢無法轉移，他連忙將目標轉向赫裘拉卻失敗，就此喪命。」

「無法轉移傷勢？怎麼可能會有這種事……」

「誰叫先決條件不符合呢——我不是人類。」

西庇阿瞠目結舌。

赫裘拉指著業的腳邊。

「你仔細看，他沒影子。」

經過短暫沉默，西庇阿慘叫出聲。他後退幾步，不慎滑倒在地，手杖甚至脫落。

見到西庇阿丟人現眼的慌亂模樣，赫裘拉十分傻眼。

「用不著怕成這樣吧。」

「這是正常反應。你這麼鎮定的傢伙才少見。」

「是喔？但我覺得殺氣騰騰的地痞比沒有影子的你可怕多了。」

「……不管了，少見歸少見，我也沒說不好。」

業苦笑，撿起落到腳邊的手杖。

「赫裘拉，去檢查那個皮箱。」

赫裘拉衝到手術臺邊，手搭在行李箱上。不出意料，箱子沉甸甸的。他使盡吃奶的力氣緩緩拖出。

赫裘拉白天見到箱子時，裡頭還是空的。蓋子內側還留有人類的抓痕。先前大受震驚的赫裘拉，顛三倒四地主張那是死去病患在箱內復活時抓出來的，卻被業否定。如今，褲腳沾到了欣姆茲的血印——比對過成年男性與自己的手，他終於領悟這道抓痕跟自己的手大小吻合，過去被塞進箱子裡的全是小孩。

「……雨果！」

打開箱蓋，裡頭竟是他認識的臉孔。

赫裘拉扶起無力地躺在箱內的伙伴。

雨果的嘴巴被堵住，手腳被綁起來，不過還有呼吸。觀察裸露在衣服外的範圍，似乎沒有受傷。

「要利用手杖就得找替死鬼。西庇阿，你不允許陪病者旁觀又讓病患戴眼罩，就是不想讓人見到你將傷勢直接轉移到鎮上擄來的孩子身上吧？順帶一提，你不用回答我。」

業打斷才剛張開嘴的西庇阿，繼續說道。

「你選上的替死鬼就是遊民。起初你吩咐助手欣姆茲去鄰鎮貧民窟擄人。然而三年前，被擄走妻子的丈夫把事情鬧大，官兵出動，迫使你們更換作案地點。你們檢討了在鄰鎮的經驗，還調整挑選替死鬼的標準。你們開始在這個鎮上假借慈善事業打聽窮人身家背景，挑選失蹤也不會引起風波的孩子綁架。於是拐孩怪誕生了。」

赫裘拉想起業十分介意自己爲何使用誘拐孩子這個說法。搞不好拐孩怪這個稱呼，根本就是西庇阿或欣姆茲自己說溜嘴。畢竟他們很清楚被拐的只有小孩。

「你們將綁架來的孩子囚禁在地下室，對他們灌藥，在傷重不治之前，屢次將傷害轉移到孩子身上。如果碰到轉移傷勢比較嚴重的狀況，有些孩子想必當場死亡。」

放貸人的女兒沒有預約，因此西庇阿沒有時間準備用來承接傷痕的孩子，貼身侍女就這麼成了替死鬼。服下藥物是防止她因傷勢轉移的疼痛而哭喊，或是前去照鏡子見到自己的臉。她隔天出院，無疑是欣姆茲抓到下一個承接傷痕的孩子。

「孩子的屍體用後院倉庫裡的柴刀解體，丟進焚化爐燒掉，骨灰則挖坑掩埋。」業從懷中取出像白色石子的物體。「昨晚我在焚化爐的灰裡挖到這個。應該是腳跟骨頭。」

赫裘拉當時也見到業從灰燼中撈出這件東西。沒想到那是人骨。

「我們首次造訪醫院的夜晚，從後院現身的欣姆茲雙手與鞋子都沾了泥巴。我有些起疑，問他是不是園丁。欣姆茲那時就是在後院挖洞吧。」

赫裘拉費一番工夫，終於讓雨果被塞住的嘴自由，並爲他的手腳鬆綁。

「……除了雨果，還有其他活著的孩子嗎？」

「沒有。」西庇阿冷冷答道。「你也看到欣姆茲的頭傷得多深了吧？傷勢轉移過去，你覺得哪個小孩熬得過？」

赫裘拉失去了血色。

他害一名流浪兒犧牲了——當時要是赫裘拉沒發出聲響，業就用不著對欣姆茲下手，那個孩子就不會遇害。

業側眼一瞥大受打擊的赫裘拉，將人骨放在手術臺。

「既然你曾將手杖託付給欣姆茲，可見這並非僅有你能使用。此外，欣姆茲在市場沒念咒。因此可以推斷你在治療赫裘拉時朗誦咒語是障眼法。真要說起來，若咒語有效，你應該不只會蒙住病患雙眼，還會塞住他們的耳朵。」

業對赫裘拉遞出手杖。「你拿著。」赫裘拉小心翼翼讓雨果躺在地上，伸手接過手杖。這個瞬間，西庇阿突然逃跑。他奔出房間，業立刻攔下，把他制伏在地。

業壓住不斷掙扎的西庇阿，詢問赫裘拉。

「你昨晚還有沒治好的傷吧？」

「對。」

「西庇阿說過，他把欣姆茲後腦勺的裂痕轉移到替死鬼的頭部。」業從刀鞘抽出黑色匕首，抵住西庇阿喉頭。「也就是說，傷勢可以從體格不同的成人轉移到兒童身上，但頭部外傷只能轉移至頭部，腿部骨折只能轉移至腿部，傷勢恐怕只能轉移至相同部位。畢竟如果有得選，爲了重複使用，理論上不會選擇讓替死鬼產生致命傷的部位……那麼赫裘拉，你還沒好的傷在哪裡？」

赫裘拉掀開褲子，露出右膝的瘀青。那是個銅幣大的小小瘀青。

「把這傷轉移給西庇阿。照我說的，從膝蓋轉到膝蓋。」

赫裘拉點頭，用手杖尖端的石頭觸碰瘀青。

黑色石頭發出幽幽的藍紫色光芒。

赫裘拉捲起西庇阿的褲子，石頭觸碰右膝。

在他計時數到三的期間，瘀青逐漸淡去。

瘀青原封不動轉移到了西庇阿的右膝。

「這下獲得證實了，西庇阿。」

「饒、饒我一命啊。我有錢！」

「我不缺錢。放心，我不殺你。有一群人很想要你。我打算賣那些傢伙一個人情。」

「什麼意思？」

「——九年前，有個年輕男子死在你的醫院。」

西庇阿的雙眼瞪得跟銅鈴一樣大。

「他的父親是竊盜集團首領，不論生死，命令手下一定要找出殺子仇人。我是無所謂啦，不過交活人出來，對方應該會更高興。」

「……這件事是誰跟你說的？」

「你故鄉那名首領的手下。」

「鎮上的人也知道嗎？」

「不，他們不知道。手下帶走了兒子的屍體，然後翻遍醫院追查你的下落，最後縱火掩蓋他們留下的追查痕跡。因此在官兵抵達前，你犯罪的證據也一起消失了。」

西庇阿恍惚地呢喃著：「也就是說，故鄉的人們相信我是神祕失蹤嗎？相信失蹤的是萬能名醫，從來沒有醫死病患的汙點？」

「沒錯。那麼，凡事好商量。你不想被惡棍虐殺吧？」

「這、這還用說。」西庇阿猛然回神，拉高聲音。

「這樣啊。那你老實回答我。那把手杖哪來的？」

沉默降臨周遭。

「……什麼意思？」西庇阿不解回問。

業假惺惺地嘆口氣，壓著西庇阿的手臂加重了力道。

「我讓你選。傾聽病患問題的耳朵、進行治療的手指，你想留哪個？」

「等、等等！住手啊！」西庇阿失聲尖叫。「是瓦濟。手杖是我八年前跟那女人立約得到的。你別說你不知道。你自己不也有？那把——瓦濟打造的匕首！」

——你違約了，西庇阿。我不是說要保密嗎？按照約定，我要索回那把手杖。

瓦濟在眾人眼前現身。

赫裘拉倒抽一口氣。

女人的聲音無端響起。同一時間，赫裘拉手裡的手杖轉瞬化爲黑灰。

不知不覺間，手術臺上站了一個女人。

她一頭如雲青絲長及腰間，鮮紅雙唇笑盈盈地揚起。年紀二十歲上下。身穿樸素的白洋裝。雙腳光裸，白皙得宛如從未踏足地面。儘管長相標致，整體卻有不自然的造作感。

業離開西庇阿，緊盯著女人，整個人戒備起來。

赫裘拉不作多想，擋在睡著的雨果前方護著他。

瓦濟——從匕首的威脅中解脫，西庇阿顫抖地細聲呼喚。

瓦濟看也不看西庇阿，找上業，搭話起來。

「嗨，這不是印刷工的影子嗎？你還是一樣英挺帥氣。今年幾歲啦？」

赫裘拉嚇一跳。女人——瓦濟知道業的眞實身分。

「你認識她？」

「不。」業朝瓦濟走近數步。「做出這把匕首的是妳嗎？」

「打造西庇阿那把手杖的是我，但你的狀況就有點複雜了。」瓦濟聳肩否認。

「西庇阿說他跟妳立了約。」

「對，是這樣沒錯。畢竟人家是收取代價，實現違背世間常理願望之物。」

「任何願望都能實現嗎？」

「我倒是知道你的願望，業。你想成爲人類吧？」

「……辦得到嗎？」

「是辦得到，但人家不要。你不當影子，豈不是一點意思都沒有？」

「沒有意思？……就因爲這種理由？」

赫衷拉發現西庇阿從業的視線死角處緩緩起身。

業也許察覺到了，卻不見他有意停下與瓦濟的對話。

下一刻，西庇阿奔向門口。

業突然轉身，扯住西庇阿的衣襟，伸腿一掃，將他扳倒在地。青年騎在醫生的腹部封鎖行動，將匕首抵住他的喉頭。無視對方的求饒，業空著的手先是摸索腰間垂吊的皮製圓筒，接著惱怒地喃喃自語：「都是那隻狗。」

「什、什麼狗？」

「你的狗弄斷了我的針頭。眞掃興。原本想把你活著交給首領……沒辦法了。我要變卦。抱歉，你去死吧。」

說完，業將匕首刺進西庇阿的胸口。

西庇阿發出悲鳴。赫裘拉別過眼，摀住耳朵。不久，終於安靜。他畏畏縮縮地睜開眼，業抽出匕首，用西庇阿的衣服擦去血後起身。

「那把匕首原本的主人，是我的客戶。」瓦濟指著黑色匕首說。「那孩子的願望很少見。說想跟人家一樣，有能實現違背世間常理願望的力量。所以我拿走對方一身柔嫩玉肌立下契約。」

「也就是說，」業問她。「分割了我與主人的那名黑市商人——是用妳給的力量，創造出這把匕首？」

「……唔。看來要回答你所有疑問，不如讓你見識最快。讓你看看那孩子創造出割影匕首之前的記憶。」

瓦濟喃喃自語，接著向赫裘拉使了個眼色。

「抱歉呀，小弟弟。暫時借我一下。」

赫裘拉甚至來不及問借什麼，瓦濟就從手術臺翩翩落地。

她一把握住業的手——發出啪唧的爆炸聲，跟業一起消失了。

兩名非人之物不見蹤影，留下目瞪口呆的赫裘拉、沉眠的雨果，以及西庇阿的屍體。

過了半晌，少年的視線慢慢轉向地下室的祕密入口。

門鎖似乎開啓。他舉著燭台，走下昏暗樓梯。他來到一個小房間，角落有件用布包裹起來的東西，一接近就有股刺鼻臭味。

他輕輕揭開布。

——有人消失了？

——那個聲音很小的賣水女生。她才從別的鎮上過來，總是孤零零的。

年幼女孩的身體冰冷如石。後腦勺有道觸目驚心的傷痕。

她空洞的雙眼仍未瞑目，他伸手爲女孩闔上眼瞼。

用手背擦去即將奪眶的淚水，吸吸鼻子抬起臉龐。

赫裘拉踩上樓梯，扛起沉睡的雨果，從醫院後門離開。

（7）河的對岸

隔天赫裘拉召集撿破爛的孩子，表明辭去首領一職。

「我這種說也沒說就翹了整天班、不負責任的自私鬼，不配當首領。」

伙伴都慌了手腳。

「可是你是去找雨果吧？」

「才摸魚一次就要下臺，沒人做得了啦。」

「我們全都很依賴你啊。」

「那首領要誰來當？」

赫裘拉安撫表達不安的伙伴，如此宣布。

「我有個主意。」

他卸任前的最後工作，就是見其他拾荒兒集團，請求對方收留整個集團。

這座城市另外兩個組織，平均年齡都比赫裘拉的集團年長。兩個集團都有數名十六歲或十八歲、足以跟成人對等較勁的少年。

首先洽談的集團說不想照顧小鬼頭，冷冰冰拒絕了。

另一邊順利成功。

「可以啊。這下人多了不少，不過地盤變大不是壞事。我以前帶著弟弟們，也是在差點餓死的時候被上一代首領收留。」

「謝謝大哥。」

赫裘拉鬆一口氣，向對方深深鞠躬。

「你幾歲啊？」

「十三歲。」

「那還很小嘛。能拚到現在眞有你的。」

赫裘拉愣了一下。成爲新任首領的少年用力搓揉他的頭髮，露出笑容。

西庇阿的死訊火速傳遍全鎭。

眾人得知他的助手同一天在市場離奇身亡，猜測他死於仇殺而非強盜的傳聞便居於上風。不用說，兇手始終沒有落網。治療失敗留下後遺症的患者、付不出高額醫藥費吃了閉門羹的窮人……鎭民天馬行空描繪起眞凶的身分，加油添醋地討論謠言。

然而，誰都沒提過留在地下室的小女孩遺體。

赫裘拉想幫她收屍。只是那晚他將雨果交給伙伴折回醫院時，人潮已經開始聚集，他不得不死心。事後得知，由於後院的看門狗叫得異常激動，附近鄰居上門抗議，因而發現西庇阿的屍體。麻醉劑下第二次，藥效也許變差了。

此外，誰都沒有談起的事情不只這件。

留有孩子抓痕的行李箱。

業放在手術臺的燒剩腳骨。

後院焚化爐內的東西、倉庫的柴刀、埋在坑洞內的灰燼。

可以揭開拐孩怪眞面目的線索，沒有任何一條成爲話題。

理由顯而易見。

「療傷神手」的特殊治療，僅有付得起高額醫藥費的有錢人才能引進門。鎭上首屈一指的名醫科涅利烏斯拐騙並殺害流浪兒——不樂見這番醜聞外傳的人們，想必也有令官兵沉默的權貴。

兩個月過去了，事情就發生在赫裘拉逐漸習慣新團體生活的某日。

結束一天工作，要回到大本營的少年，注意到貧民窟旁格格不入地停著一輛豪華馬車。

「他們說要找你。」雨果悄悄告訴他。

赫裘拉向貌似僕役的年長男性報出自己的名字，男人便俐落地爲他引介到車前。在豪華馬車裡頭，坐著一對穿著體面的老夫妻。

「我想收養子很久了，但在孤兒院遲遲沒遇到看對眼的孩子。」老紳士埋怨。

「結果——」老婦人接著說道。「就有人告訴我們，這裡有個直率聰明的好孩子。我一直想見這孩子一面。」

「您說有人……請問是誰？」

「哎呀，我答應他不能說。」老婦人愧疚地垂下眉頭，小聲補一句。「不過，他說敏銳的你應該猜得出來。」

赫裘拉瞪大了眼。

——一旦事成，我會給你相應的報酬。

他怎麼知道自己的心願？赫裘拉從沒說出口。

「首先得幫你訂作衣服。」老婦人說道。「你得學會識字，還有禮節。你必須上好多好多課……不過一定應付得來吧？」

他清楚感受到背後射來的視線，不只是對臨別友人的祝福，也交雜嫉妒與羡慕。即使如此，只要他能實現願望——

「是，我什麼都願意做。」

赫裘拉以微笑回應老夫妻。

再次初戀

（1）墓地的密約

滿月之夜，墓地裡出現一盞飄搖的燈光，彷彿徘徊其中。

提燈的主人在某塊墓碑前佇足。燈光照亮他憔悴的臉孔。

那是二十歲左右的青年，頭髮與衣服凌亂，似乎忘了整理儀容。

隨後他對著墳墓蹲下，語帶哽咽地說話。

「拜託別帶走她。請你再等一下，好嗎？她總有一天會陪身爲丈夫的你一起長眠……求求你。她寄給我的情書還寫了這樣的話。」

青年從包包拿出情書，奮力朗讀。

「『要是能再活一次，我想與你共度人生。』帕梅拉現在想跟我一起活下去。」

「要不要我助你一臂之力？」

一道聲音突然從天而降，嚇得青年雙眼圓睜。

不知不覺，墓碑上坐著一名身穿黑色洋裝的紅銅色頭髮美少女。

「我是瓦濟。實現違背世間常理願望之物。」

「妳願意拯救帕梅拉的性命嗎？」

瓦濟點頭，思索起代價。

——這男人心中，僅次於心愛帕梅拉的珍貴事物是什麼？

她窺視青年的內心。映入眼中的景象，是他在書店販賣一疊稿子。細看文字，似乎是詩集。許多客人購買，愉快討論感想。

——詩才嗎？也不錯。

瓦濟在新客戶的面前露出笑容。

（2）異國佳人們

厄葛蘭特的港都住著一位以博學古怪聞名的年邁植物學家佩帖爾。聽說他年輕時為了探索奇花異草，踏遍整個世界。年紀突破七十大關後，實地調查與植物採集都交給助手，不過求知欲至今不知衰退，日日埋首於研究花草。

鎮民懷著尊敬，稱他為賢者。

賢者具有解開任何難題的智慧。他同時對藥草知之甚詳，也會幫無法向醫生支付高額醫藥費的窮人抓藥。

他似乎沒有金錢困擾。曾有人問他為何能悠閒自在生活，他笑答：「我年輕時用藥草治療了某國罹患惡疾的公主。爲了感謝我，王室賞賜了供我揮霍一輩子的財富。」

許多鎮民覺得他在打哈哈而一笑置之，不過旅社女兒安內希卡相信是眞的。因爲印了異國王室徽章的信件總是定期寄來。

想著這段軼事，安內希卡一如往常地在早晨帶著沉甸甸的提籃，打開賢者家門。植籬環繞的庭院，放滿大大小小的盆栽。

她用手梳理波浪狀的栗色頭髮，敲響敲門器。

「馬上來。」門隨著賢者的回應開啓。

「早安，賢者。」

室內被植物標本與大量書籍掩埋。自從鎮長感嘆這裡比起住宅更像座書櫃，鎮民便開始稱呼這間房子爲「賢者的書櫃」。

安內希卡將受託買回來的食物收進廚房的食物櫃，詢問賢者。

「斐伊還沒回來？」

「按照預定，應該明天或後天就會回來。」

還沒回來啊。安內希卡不禁失望埋怨，又趕緊解釋。「沒事的，只是我在市場聽說南方島嶼的貨船因爲順風提前抵達。那艘船就來自上個月斐伊前往調查的島嶼。」

打從九年前起，一名青年寄居在此，擔任賢者的助手。

他叫斐伊．克洛亞，據說來自冰天雪地又受群山包圍的極北國度。現年二十六歲，外表卻像十來歲的年輕人。一身肌膚白皙如棉花，金髮直順，還有雙湛藍更勝夏空的眼眸。這座城市的男人多是黑髮或褐髮，配上飽經日晒的古銅肌膚，顯得斐伊格外醒目。

賢者跟著走近收置食物的櫃子。

「話說回來，自從妳一早來這裡幫忙，不知道過了幾年？」

「這是七歲開始的，第九年了。」

「當初那個調皮的女孩已經十六歲啦？我也眞是老了。」賢者笑著，從櫥櫃取出貼上標籤的罐子。那是自製的花草茶。

「不嫌棄的話，能占用妳的時間喝杯茶嗎？」

安內希卡從九年前開始，固定從自家往返賢者住處打雜，藉以報恩。

七歲的調皮女孩將郊外的空房當成自己的祕密基地。那是個隨時都可能坍塌的破屋，立了禁止進入的牌子，門窗全數封閉，但她還是從搖搖欲墜的牆上開的小洞鑽了進去。

有次安內希卡玩得太累，在祕密基地睡著了。

當晚很不平靜。以雙親爲首的眾多鎭民四處尋找過了晚餐時間還沒回家的女孩。

找到沉睡安內希卡的人，是不久前成爲助手的斐伊。他告訴大家，賢者建議他尋覓兒童才進得去的狹窄空間或禁止區域，他才找到此處。他催促著睡眼惺忪的安內希卡起身。但當女孩邁開腳步時，掉到地上的釘子絆倒了她，撞上衣櫃。腐朽的地板隨即裂開，衣櫃朝她倒下——

斐伊護住安內希卡，但左臂骨折了。

隔日，女孩的母親認爲傷到慣用手的斐伊不便工作，要安內希卡暫代助手。安內希卡哭哭啼啼，帶著探病水果造訪賢者的家。

斐伊看著致歉的安內希卡，瞇起一雙藍眼，優雅微笑。

「妳沒事就好。」

這一刻，是安內希卡人生中首次覺得男人可以用漂亮來形容。

即使斐伊的傷在數個月後痊癒，安內希卡仍在早上前往「賢者的書櫃」，遞送受託購買的貨品，暗自希望賢者喊停的那天永不到來。

短暫的茶會結束，安內希卡離開賢者家。

來到室外，她見到門前有一名騎著栗色馬的女人。

「在那個街角轉彎……」她暗忖是來客，正要叫住女人的時候，斐伊略爲高亢的響亮聲音傳入耳中。她在馬的旁邊，見到他熟悉的背影。

女人約莫二十歲，與斐伊同樣有金髮白膚。略帶憂鬱的藍眼更是襯托出她薄倖的美貌。她穿著色澤低調的樸素衣物，懷裡捧著寬簷帽子。馬背上沒有行李。

女人向斐伊行禮致謝，準備戴回帽子。

「冒昧請教一下，我們是否在某處見過面？」

「我們應該第一次見面。要是見過，我怎麼可能忘記像妳這麼美麗的女士。」

女人雙頰染上紅暈。她熟練地扯扯韁繩，駕馬離去。

安內希卡走出門外。相處九年的經驗告訴她，當斐伊面帶微笑說起花言巧語時，背後必然有深意。

「你很在意那名女性，怎麼不留下她呢？」

「妳果然也覺得不太對勁嗎？」仍望著女人離去的方向，斐伊歪起頭。「一名貴族千金扮成平民女性，沒有僕人跟在旁邊，也沒帶多少行李，還在大街上迷路。她說自己初來乍到這個國家。一切都顯得很可疑。」

「你怎麼知道她是貴族呢？」

「她的雙手沒繭，顯然與勞動無緣，行禮角度得體，遣詞用字流露上流階級氣息。再者，貴族女性也會陪同男士狩獵，通常會學習騎馬。」

安內希卡不認識任何貴族，不清楚對不對。不過，她很掛懷斐伊莫名了解貴族。

「你眞的沒有在別的地方見過她嗎？」

「眞的沒有。」

「她會不會跟長得很像你的人搞混了？」

「常有人說我跟母親是一個模子印出來的，但她已經在十五年前過世了。」

「……原來是這樣啊。」

斐伊從不提自己的過去。就連姓氏都是僅有一次聽到他說溜嘴，好不容易才得知。因此她也是第一次聽他談起家人。

「眞對不起，妳特地來迎接，我卻連個問候都沒有。」

斐伊盯著安內希卡露出微笑，似乎在掩飾對身世的失言。

「我回來了。一段時間沒見，妳變成熟了。換髮型了？」

「……對。」

她很高興斐伊察覺，儘管他顯然在轉移話題。

「還有香水。」說著，斐伊將臉湊近安內希卡的耳鬢。

安內希卡雙頰發燙，吞下了正要出口的話語。

「香氣怡人，聞起來像紫花地丁。很適合楚楚可憐的妳。想不想聽我在南島的見聞？」

「……好。我想聽。」

「那麼閒暇之時，請務必光臨。」

小小旅社的早晨匆忙過去，沒時間讓她沉浸在與斐伊重逢的餘韻中。

傍晚，安內希卡在櫃檯值班，外頭傳來呼喚。說了一聲「請稍候」，她走出門外，見到來人時，驚愕得合不攏嘴。

眼前二人同行的旅客，一人用帽子遮著臉，但毋庸置疑就是跟斐伊問路的女人；另一人是旅人打扮的褐髮青年，正卸下堆在黑馬上的行李。

她將兩匹馬牽進馬廄安置之後回到櫃檯，請旅客在登記簿上填寫資料。

女人與早上判若兩人，神色陰沉低落。發紅的眼角像是哭過，顏色就跟抹了口紅的嘴唇一樣；青年外貌二十歲左右，是個擁有太陽晒出來的古銅肌膚的褐髮厄葛蘭特人。他們在登記簿上寫下尼魯跟莎拉這種國內隨處可見的名字。

「兩位預計入住幾晚？」

「一晚就好。我們累了，不用準備晚餐。明天早餐後就退房。請問有獨立房間嗎？」

「那麼二樓邊間如何？雖然空間有點小，跟餐廳和我們員工的房間離得遠，不過相對平價。房門也可以安心從內側上鎖。」

安內希卡收下一晚住宿費，帶領兩人前往房間。

在這之後，他們入夜也不曾現身。收工後的安內希卡打算看看狀況，拿著替換的水壺來到房前時，房內傳來青年瀕臨崩潰的聲音。

「這我辦不到。我害他母親消失是事實。要是眞相曝光，我就無法與妳廝守了……沒有妳的人生，我絕不要。」

女人回覆的聲音模糊不清。

安內希卡猶豫片刻，最後認爲不該過問客人私事，便收起腳步折回，換好水壺就回到自己房間。她回想起帶領他們到房間時的神情。女人始終低垂著頭，走在前面的青年數次憂心忡忡地回望。

兩人是不是私奔的情侶？登記簿上的菜市場名難道是假名嗎？會不會兩人相約在某處見面，而貴族千金不曾隻身到鎭，不小心迷了路？

不，不對。女人告訴過斐伊，她才來到這個國家。

剛才的對話又是什麼意思？他的母親消失？

兩人的住房離自己很遙遠，聽不到後續。安內希卡躺在床上左思右想著，還沒得到解答就閉上了雙眼。

（3）騙子與老實人

隔天，安內希卡一大清早就醒過來。昨晚青年躁動的話語使她耿耿於懷，睡得很不安穩。她照常上市場，到「賢者的書櫃」送貨，一顆心始終放不下來。

毫不意外，兩人沒來用早餐。叫醒旅客是安內希卡的工作。

正當她猶豫是否該去喚兩人時，斐伊抵達旅社，送來安內希卡忘記帶走的手帕。她果斷向斐伊說明狀況，斐伊臉色大變。

「二樓邊間嗎？」

安內希卡偕同斐伊上了二樓。

她又敲又叫，房間裡面依然沒有回應。她心頭浮現不好的預感，匆匆忙忙取來備用鑰匙開門。開門時，向內開的門扉抵到某件物品，但用力一推就動了。

映入眼簾的，是一張翻倒的椅子與躺在床上的女人。

「客人！您怎麼了？」

斐伊趕到床邊。跟在後方的安內希卡倒抽一口氣。女人的金髮沾滿鮮血。

「還有脈搏。那邊的男孩呢？」

「男孩？」

斐伊離開床邊，走到門邊抱起倒在附近的褐髮男孩。剛才門扉撞到的就是他。男孩穿著不合身的寬鬆衣物，臉色蒼白，不過嘴唇有一抹紅。身爲女人同伴的青年不見蹤影。

「還有呼吸嗎？」

「有。似乎沒受傷。安內希卡，請幫我找佩帖爾老師過來。」

「不找醫生沒關係嗎？」

「事情已經不是醫生處理得了。」

斐伊指向茶几。

空蕩蕩的水壺橫陳在上，玻璃杯裂成兩半。一旁是有蓋的陌生小黑瓶。細細的直筒瓶身呈現半透明的烏黑色澤，不知道是不是有色玻璃製成。隔著陽光，隱約可見少許液體。

斐伊拿起小瓶子，神情凝重。

「請告訴老師，瓦濟她——」遲疑地停頓半晌，他不悅地繼續道：「……瓦濟再度現身。我又得給老師添麻煩了。」

賢者聽完安內希卡轉達斐伊的話語，皺起眉頭。他嘆氣，默不作聲提起藥箱，馬上跟著踏出家門。

路上，安內希卡問起她在意已久的事。

「賢者，請問瓦濟是誰？」

「瓦濟是一名索取有形無形的代價，爲人實現違背世間常理願望的非人之物。」

「見斐伊那麼不高興，他好像不太歡迎這個人。」

「是的。她並非出於善心實現他人願望。她是愛好觀賞眾生被願望扭曲的惡女。」

賢者說，斐伊曾在旅途中救了一名叫艾蜜莉雅的歌手。她與瓦濟訂下契約，受到獲得的力量與失去的代價所折磨，但斐伊智取瓦濟，成功解除契約。然而瓦濟不僅不生氣，還很中意斐伊的智慧。從此以後，她就在斐伊所到之處陸續找人立約來興風作浪，讓斐伊傷透腦筋。

「斐伊怎麼察覺得出這次是瓦濟在背後密謀呢？」

「他應該發現了瓦濟留下的製品。妳有沒有看見有如黑曜石的結晶，或是類似材質的物品？」

「有個小黑瓶。」

講著，兩人抵達旅社。回到客間時，現場已經變樣。

行李收拾得整整齊齊。小黑瓶不見了。斐伊正關上行囊。

女人仍躺在床上，不過男孩已經清醒，坐在椅子上讀書。他沒換衣服，只將多出來的袖子與衣襬捲起。安內希卡不經意地與他對上視線。

「大姊姊，你們是誰？」

「尤西恩，他們是醫生與這家旅社的人。」

名喚尤西恩的男孩隨意應和，視線落回書本。男孩看起來精神不錯。

賢者爲女人看診。女人後腦勺有遭重毆的痕跡。出血處在蓋布加壓後已經止血。傷口在皮膚較薄之處，血流得很多，不過老人判斷傷勢本身並不嚴重。

問題是她遲遲沒有恢復意識。

「我很遺憾沒有檢查腦部的方法，無法判斷她何時清醒。只能靜養，觀察狀況了。她是怎麼受傷的？」

斐伊指了指櫃子邊角，上頭微微沾上一層紅色。

「她應該是在這裡撞到頭部。這可能出於意外，或是爭吵中被人推撞。」

「……當初如果不選這間住房位置，說不定就能聽到些什麼了。」

斐伊向安內希卡使了個眼色，接著悄悄瞥一眼尤西恩。

安內希卡心領神會，她說：「尤西恩，你差不多餓了？」

「嗯。」男孩抬起臉，點點頭。「那我們走吧。」她牽起尤西恩的手帶他離開。

「這個孩子跟昨日那組客人有關。」

她在餐廳向父母說明事發經過。雙親一臉不安，直到得知賢者已為女人看診，療傷完會來商量後續事宜，表情終於寬慰了點。

尤西恩完全沒將大人對話放在眼裡，僅止不發一語地吃著麵包。

安內希卡就像突然想到似地問：「尤西恩，你是從哪裡來的呢？現在幾歲了？」

「我是從紡紗廠後巷來的，今年九歲。」

繼續問他出生年分，他卻回答十九年前的時間。男孩的神情不像說謊。安內希卡困惑不已。此時，抱著某樣東西走進馬廄的斐伊身影映入眼中。安內希卡將尤西恩交給母親照顧，離開了餐廳。

準備打開馬廄門扉的那刻，斐伊的聲音從裡面傳來。

「妳為什麼找上他？」

「人家不記得了。」對方回以刺耳的咯咯大笑。

「請妳不要說這種一戳就破的謊言。很令人不悅。」

斐伊聲音冰冷無比，與平時判若兩人。

安內希卡不禁抽開了按在門上的手。

「你講話這麼凶，她都嚇到了。」

隨著彈指聲，門猛然自己打開，轉身的斐伊與異樣的人物闖入視線。

馬背上坐著一名長相端正到不自然，宛如人偶的少女。她有一頭紅銅髮色，配上黃綠色眼珠，穿著樸素黑洋裝。雙腳光裸，白皙得宛如從未踏足地面。

少女用與外表不相襯的嘶啞嗓音說道：「斐伊，我老早就看透你的打算。不過，安內希卡一定不希望你這麼做。」話一說完，便消失得無影無蹤。

安內希卡大吃一驚地上前，卻找不到有人待過的痕跡。

「……剛才那少女莫非是瓦濟？」

「妳怎麼知道這件事。」

「是賢者告訴我的。他說斐伊受到名叫瓦濟的非人之物糾纏，而客人房裡的小黑瓶，就是瓦濟製作出來，實現違背世間常理願望的道具。」

原來如此。斐伊有些困擾地喃喃自語。

他從懷裡取出小小的黑瓶，對著照進室內的光線舉起來，裡頭留著少許液體。瓶子尺寸約如掌心，殘餘液體占了容量四分之一。

「這個小瓶子有什麼用處？」

安內希卡的問題來得猝不及防，斐伊瞪大了雙眼。

「啊，老師沒跟妳解釋嗎？瓦濟的契約一定會附上保密義務。」

「保密義務？」

「是的。瓦濟要求契約者絕不能向第三者透露契約內容與代價。倘若契約者違約，瓦濟授予的力量或道具就會消失；若是瓦濟自身毀約，契約者就可以無條件取回代價。」

「……這樣的話，就算逼問瓦濟這件事，她也不會回答我們。」

「想幫助那兩名旅客，我們就只能蒐集找出真相的線索，建構出對契約內容的假設。」

「所以你才會調查客人的行李嗎？」

「算是有些收穫。」

斐伊展示出從頭到尾都抱在懷裡的東西。那是一本裝幀精美的書，以及一疊用繩子捆起的稿紙。安內西卡注意到作者名稱，露出詫異的神情。

「尤西恩？」

「沒錯。這本詩集與草稿是他的作品。」

斐伊翻開書本，指著作者簡介。作者出生於十九年前。

安內希卡感到困惑，這難道是九歲男孩謊報年齡出版的詩集？

「我問了尤西恩這件事，但他完全不記得這本詩集。那樣子不像在說謊。」斐伊補充，又說：「妳看，尤西恩穿著尺寸過大的衣服，就像是身體突然縮小……安內希卡，妳不覺得他和昨天申請住宿的青年有幾分神似嗎？」

「他難道就是失蹤的青年……十九歲詩人尤西恩返老還童的模樣？」

「正是如此。小瓶子裡的液體——暫且稱爲藥水。這份藥水蘊藏著讓時光倒流的力量。有的藥水得浸溼紗布供人嗅聞，有的得直接塗抹身體。不過根據小瓶子旁放著水壺跟杯子，這極可能是內服的藥水。」

斐伊將詩集與草稿收進行囊。

「接下來，我會追查四個謎團的眞相：和瓦濟訂定契約的人是尤西恩、還是那名女人？契約者的願望是什麼？瓶中藥水的使用方法爲何？最後是這個願望導致何種事態？安內希卡，很不好意思，可以請妳協助我嗎？有妳幫忙，我也安心許多。」

「當然。要我做什麼都行。」安內希卡毫不猶豫地點頭答應。

然而，女性至今未醒，就算尤西恩是契約者，他也喪失十年分的記憶。這要怎麼找出眞相？

走出馬廄時，她不經意瞥一眼尤西恩的黑馬，注意到飼料桶旁邊有東西在發光。安內希卡折回，撿拾起那件物品。

那是陌生的旅用香水小瓶，由透明無色的玻璃製成，裡頭空空如也。她打開蓋子，小心翼翼將鼻子湊上嗅聞，裡頭像是仔細清洗過一樣聞不出氣味。

「怎麼了？」

「這個小瓶子掉在尤西恩的馬旁邊。」

走出馬廄，安希利卡將空香水瓶交給斐伊。

(4) 壞消息

「首先從那名女性開始追查線索……登記簿上寫莎拉。她昨天說要前往鄰鎮。」

兩人來到莎拉寫下的地址，眼前是一座被高牆環繞的豪華宅邸。

他們問了一堆問題，兩名警衛堅持不便回答。好不容易套出的情報，就只有這座宅邸屬於貴族，主人不在家。即使不順利，斐伊也不願打退堂鼓，死纏爛打地追問主人何時返家。就在此時，馬車駛近的聲響傳入耳中。

繪有家徽的馬車窗戶開啓，年約二十歲的青年露出臉。他的膚色在厄葛蘭特人裡偏白，淺褐色的頭髮呈現平緩的波浪狀，薄唇隱隱浮現笑意。

「眞令我吃驚。先生，從你美麗的金髮與雪白的膚色來看，你是臧達爾人吧？是我母親的親戚，還是使者嗎？」

斐伊一時語塞。此時警衛插嘴，告訴主人來客想找人。

「這樣啊。我是道居羅，亞肯家第十七代當家。你們是？」

安內希卡嚇了一跳。她生平第一次與貴族交談。

「小、小名是安內希卡．歐克納。我家在隔壁鎮經營旅社。他是大名鼎鼎的植物學家佩帖爾先生的助手，斐伊．克洛亞──」

「克洛亞商會的人？」馬車中傳來另一人的聲音，腔調屬於外國人。

「奧弗利克，你認識嗎？」

「雖然不認識，但道居羅老爺，帕梅拉老夫人的舊友中，有位嫁入商家的女士──」

「這麼說來就是母親朋友的親屬嘍。我第一次見到你與母親之外的臧達爾人。」道居羅愉快笑著道：「你們在找人啊。那就進屋聽你們說後續吧。」

大門開啓。

斐伊與安內希卡望著驚異的警衛致意，跟著馬車進門。

宅邸每一個角落都顯得金碧輝煌。天花板垂吊著水晶燈，四周擺放銀製燭台，地面是柔軟厚實的紅地毯，展示櫃也全擦得晶亮。樓梯間的牆上，掛著一幅又一幅歷代當家與家人的肖像畫。

斐伊和安內希卡受邀，待在二樓客廳。

等道居羅與他的侍從老翁奧弗利克在面前就坐之後，斐伊開口：

「昨天可有一名叫莎拉的金髮年輕女子造訪？」

「我不清楚。我前天借宿朋友家，昨日傍晚歸來。我現在就問問。」

他呼喚在外頭待命的門童，命他找警衛進來。

「克洛亞先生。你是商家之子，卻去做植物學家的助手？」

「沒錯。」

「是兄弟繼承家業嗎？」

「不。」

「雖然我也知道商家未必堅持傳子，但這還眞是不尋常。」

「敝號就傳了四代而已，沒什麼好繼承的家業。」

斐伊冷若冰霜的回應，奧弗利克睜大眼睛。

道居羅直勾勾盯著奧弗利克看。

「你知道些什麼嗎，奧弗利克？」

「……克洛亞商會是臧達爾首屈一指的富商。不過聽說原定接棒的會長獨生子約在十年前失蹤了。這事在該國人盡皆知。」

「那人就是你？」

「正是。出於細故，我與家父長年斷絕往來，還請為我保密……話說回來，帕梅拉老夫人在嗎？方便的話，我想代替先慈向她致意。」

沒想到斐伊竟然是富商的繼承人，還和父親斷絕往來。得知斐伊的過去，安內希卡大受震驚，而道居羅與奧弗利克並未意識到她的心情，兩人對看一眼。

「……家母數個月前罹患肺疾，移居海邊的療養院了。」

「肺疾是指結核？」

「是的。很抱歉，家母謝絕訪客。根據醫生，有些病例從感染到發病的間隔很長，要是我們及早發現，或許還有希望。」

聽見道居羅沉下來的聲音，奧弗利克雙手掩住臉。

「我萬分悔恨。我是從帕梅拉老夫人兒時開始服侍她，她在二十二歲出嫁，我也隨侍而來。老夫人顧及我的顏面，時常袒護至今還是改不了鄉音的我。她是個心地善良的人。爲何染上不治之症……」

就像要打破尷尬沉重的氣氛，一陣敲門聲傳來。

門童將警衛引領入房。警衛身穿上漿過的筆挺制服，惴惴不安地上前。

「我記得你才錄取不久。」

「是的。我三天前才到職。」

「說明一下昨天的狀況。」

「遵命。昨天上午，有一名頭戴寬沿帽的年輕金髮女性騎馬來訪。奇特的是，她聲稱要找塞羅大老爺——」

「找先父？」

「沒錯。我告知塞羅大老爺已在六年前亡故，她看起來相當混亂。」

——請跟我說實話。我可是明天要跟他結婚。女人這麼宣稱之後，淚水撲簌簌落下。

「當我目瞪口呆時，女人說她想到墳前致意，我就告訴她墓地位置。臨走前，她問我帕梅拉老夫人是不是在海邊的療養院，聽見我說是，她就沒再說話了。啊，約過了半小時，出現一名自稱醫生的褐髮青年，問我有沒有見到一名年輕的金髮女性病人。」

「你告訴他去向了嗎？」

「是的。」

「……你應該向我報告這些異狀的，爲何沒說？」

「眞是非常抱歉。我以爲這是不値得您入耳的瑣事。」

警衛前額冒出斗大冷汗，屢次低頭賠罪。

此時，有人用力敲門，管家闖入房內。

「怎麼吵吵鬧鬧的？客人還在這裡。」

管家一面爲無禮行徑致歉，在道居羅耳邊說了些什麼。

道居羅的臉色瞬間刷白。

「消失了？怎麼可能！母親的狀況沒有好到可以獨自外出。」他慌張地高聲說道，接著就像受驚似地望向安內希卡等人。

「很抱歉，我臨時有急事。」

「沒關係，我們就此告退。日後有緣再來拜訪。」

斐伊立刻起身。安內希卡不知所措地跟在後頭。

走出客廳時，道居羅心急的聲音傳到房外。「我現在就要動身，快備馬車。」

隨著僕人的帶領走下樓梯，安內希卡小聲詢問斐伊。

「他說的母親該不會就是……」

「正是。道居羅的母親從海邊療養院失蹤了，同時，出現了說著難解話語的莎拉——」

斐伊在樓梯間駐足，他指向一張肖像畫。

有著厄葛蘭特輪廓的黑髮深膚男性身邊，端坐著年輕的金髮美女。

「與尤西恩同行的女子莎拉，恐怕就是喝了小瓶藥水而返老還童，失去約二十年分記憶——二十二歲的帕梅拉。」

（5）第二本詩集

尤西恩的詩集版權頁，印著出版社地址。斐伊和安內希卡將之當下一個線索，踏上前往出版社的路途。安內希卡在路上問斐伊。

「你何時覺得莎拉的眞實身分就是返老還童的帕梅拉？」

「調查尤西恩行李時。我找到一封他寫給在海邊療養院，叫帕梅拉的女性情書。」

這是第一次聽到情書。安內希卡心懷困惑，接下斐伊從行囊取出的幾封信。每封信的收件者都是海邊療養院的帕梅拉。但寄件者很陌生，名字像是女性，但讀音與尤西恩相似，這應該是他的假名，因爲筆跡與詩稿相同。

「帕梅拉罹患了不治之症，向尤西恩提分手。而尤西恩在最後一封信中哀求他想見她最後一面。之後，帕梅拉似乎寄了探病許可證給他。」

斐伊輕輕抽出一封信遞來。信封收件者是尤西恩，沒寫收件地址。

「帕梅拉的這封信，封口沒有黏起來。照理來說，這是情書，就算拜託協助他們的第三者轉交，還是會封口才對。我猜測這封信原本放在另一個更大的信封中，寄到不是尤西恩住處的收件地址。」

接著，斐伊收回給安內希卡的信件。

「可以理解尤西恩隨身帶著有探病許可證的信封，但爲什麼他還有早就寄給情人的信？可能性有幾個，例如帕梅拉提分手時，將以前的信退回去。或是她擔心過世之後，外界傳出貴族寡婦結交年幼情郎的醜聞，所以請他銷毀。不過，我也可以從結果反推原因。」斐伊將信收進行囊，接著道：「如果道居羅等人開始追查關於帕梅拉失蹤的線索，會不會發現以假名寄出的情書呢？一旦發現的話，他們想必首先懷疑寄件人，所以尤西恩不只帶帕梅拉離開療養院，還同時收回能追查到他的線索，也就是那些信件。」

安內希卡停下步伐。她在理性上可以諒解斐伊，卻無法遏制激昂的情感。

「……你爲什麼不跟我說情書的事情呢？」

「妳和我這樣的騙子不同，妳很眞誠。」斐伊察覺到她的情緒，跟著停步。「妳如果事先得知帕梅拉跟尤西恩是一對情侶，而她還是道居羅的母親，一定無法像剛剛那樣在道居羅他們面前表現得若無其事。」

他的判斷或許是對的，然而她無法釋懷。

斐伊一開始就不指望自己，所以才覺得不需要說出所有線索——當心頭浮現這樣的猜忌，安內希卡悲傷得不能自已。

「這樣的話，爲什麼帶我來？」

「什麼意思？」

「我也想成爲你的助力。所以別隱瞞我。」

斐伊沉默半晌。過了一會兒，他將手輕輕放在低著頭的安內希卡肩上。

「眞的很抱歉，安內希卡。妳認爲我不信任妳也是無可奈何。是我的錯。我答應妳，不會再隱瞞妳。」

她仰起臉，見斐伊困窘地笑著。

「希望妳在一旁仔細觀察這次事件全貌。我就指望妳了。」

將近中午，他們抵達詩集出版社。那在鎮中心老屋的二樓。

「恕我冒昧來訪，我想贊助有才華的詩人。能請教一下關於在貴社出版過詩集的詩人尤西恩嗎？」

「尤西恩的詩集是我負責的。」

有名年輕男人回應他，那人坐最靠近入口的座位。他是個乍看一板一眼的黑髮青年。

他帶領兩人到會客室。

「我是齊古。跟尤西恩是兒時玩伴，基於這段交情而負責他的詩集。」

根據齊古所言，尤西恩孩提時代父母雙亡，被叔叔夫妻收養。初出茅廬的詩人無法自力更生，目前仍繼續投靠叔叔，但夫妻倆反對他選擇詩人這條路，要他找務實的工作。

然而，尤西恩的出道作造就新人罕見的轟動。尤其情詩佳評如潮，還成了情侶交換禮物的好選擇。聽說這陣子就要推出第二本詩集。

「他第二本作品水準超越前作，一定會提升他的評價。」齊古口沫橫飛說著，只是論及贊助一事卻面有難色。「尤西恩那小子之前拿了糟糕透頂的詩過來。可能是急著乘勢推出第三本，壓力太大，詩才表現不如以往，他自己也很懊惱。」

齊古說著，順勢愧疚地低頭致歉。

「具體的贊助事宜，能請你先暫緩嗎？我也希望贊助人的存在可以鼓舞他，但看他目前的狀況，反倒會造成重擔。」

「那就等第二本詩集出版再討論如何？」

「好的。」齊古如釋重負地笑了。

兩人進一步追查，往尤西恩叔叔夫妻經營的酒館路上，安內希卡提出新疑問。

「如果尤西恩是瓦濟的契約者，『詩才』是不是代價？」

「有可能。以前就有美麗嗓音被當成代價過。」

「齊古提到，第二本詩集水準超越前作。尤西恩也許是寫完第二本書才與瓦濟立約？

因爲訂定契約而失去詩才，所以寫出了很糟的詩。」

「這當然也有可能。」

斐伊的肯定令安內希卡喜上眉梢，揚起嘴角。

然而，斐伊面色凝重。

「安內希卡，見尤西恩的叔叔夫妻前，我要聲明一件事。妳回旅社前，我問過尤西恩，他說叔叔夫妻收養他，是因爲想動用他父親留下來的遺產。」

安內希卡心頭一涼。「他們原來是貪圖遺產。」

「這次我也會假扮成贊助人，但交談過程不會多愉快。」

約一小時後，他們抵達酒館。

招牌蒙了一層塵土。時間剛過午時，似乎連營業準備都還沒開始。聽到呼喚，尤西恩叔叔頂著剛起床的水腫大臉從店內出來應門。詢問來意的口氣也很怠慢。

然而一提到金援，他的雙眼立刻發光。

「我很榮幸！您要出資多少？」

「沒跟當事人當面談過也無法決定。他現在上哪去了？」

「……老實說那小子今天傍晚就要搭上移民船離開了。」

「移民船？」

尤西恩的叔叔不甘不願地告訴兩人。

兩年前，厄葛蘭特的商船發現了無人島。島嶼雖小，但環境經調查後發現適合中途停靠，於是開始招募移民。移民可獲得國家分配的島上土地，第一年還會發放補貼。開拓土地所得的作物可自由販賣。應徵條件如下：十八歲以上的健康男女，且移民五年內不會離開島嶼。

「我跟老婆都很擔心姪子前途，勸他別寫不能溫飽的詩，去做揮灑汗水、腳踏實地的工作。」

「可是第一本詩集的評價與銷量都很好，還預計推出第二本呢。」

「他只是走狗屎運罷了，沒人說得準這份好運能夠持續到何時。移民是我幫他申請的，不過那小子最後也接受了。」

「所以他一開始拒絕啊。」

「他後來回心轉意，還跟我商量能不能帶人。」

「他有沒有跟你提過這個同伴？」

「他從沒鬆口。畢竟那小子正值思春期。」尤西恩的叔叔淺笑著。

「我明白了，獲益良多。尤西恩被你說服，放棄發揮寫詩才能，要與某個身分不詳的人一起前往新天地。很遺憾，我對放棄詩道的人並無所求。願你有個美好的一日。」

斐伊皮笑肉不笑地說完起身，安內希卡緊隨在後。尤西恩的叔叔目瞪口呆。走出酒館之後，斐伊不再演戲，以開朗的口吻告訴安內希卡。

「我們去港口吧。這邊過去碼頭約十幾分鐘，離啓航還有充分時間。」

（6）愛與詩

午後陽光照耀下，安內希卡瞇著眼感受自海洋吹來的海風。

爲何來港口？尤西恩在旅社，才不可能來這裡。安內希卡問著斐伊。

「因爲尤西恩的協助者還不知道他出事了。」

他回顧截至目前的事。剛出道的詩人職業人生還很不穩定。除了無情的叔叔夫妻，還有誰對尤西恩關懷至深？

「齊古是他的協助者？」

「正是。」

行走在港口倉庫區，斐伊解釋。

「齊古對尤西恩的詩作評價很高，卻對贊助案態度消極，還刻意在我這樣的潛在金主面前貶低他新詩寫得很糟。何況，出版社員工應該無權替一名詩人跟贊助人洽談作主，他怎麼敢當場決定要我暫緩金援？」

「這是因爲他知道尤西恩要移民到島上了嗎？」

「十之八九是如此。他無法保證能出版第三本詩集，不敢接受金援。」

「那爲什麼你斷定他會來港口？」

「因爲現在不該存在這裡的東西，曾經留在旅社。妳看，才說人，人就到了。」

齊古在碼頭人海中東張西望著，斐伊上前拍拍他的肩。

齊古回過身，驚訝地瞪大雙眼。

「尤西恩不會來了。」

「……什麼意思？」

「我想用這個交換你身上帕梅拉老夫人的信。」

斐伊打開行囊，向他出示尤西恩第二本著作的草稿。

「爲什麼他的稿子會在你手上？尤西恩去哪了？」

齊古鐵青著臉，不知所措。斐伊則目不轉睛地觀察他的反應。

尤西恩準備在黃昏時刻搭上移民船，因此他應該是打算在出發前將詩作交給齊古，這樣才能順利出版第二本詩集——那麼，斐伊口中「不該存在的東西」，是指稿子嗎？

安內希卡懷著疑惑站在一旁，而斐伊似乎跟齊古初步談出結論。

已經過午餐時間，三人來到冷冷清清的餐廳，進到包廂。

點完飲料，斐伊告訴齊古，尤西恩目前待在帕梅拉的身邊，無法前來港口。隨後，出示尤西恩行李中帕梅拉的信件。齊古見狀嘆氣，娓娓道出尤西恩與帕梅拉的相識相知。

❀

尤西恩一年前，對前去墓園緬懷丈夫的帕梅拉一見鍾情。

她帶著侍女又穿著體面，在在顯出高貴身分。然而，尤西恩依然無法抑制這份泉湧的愛意，不顧一切找她搭話。出乎意料，帕梅拉回應積極。

——你珍愛的人也在此長眠嗎？

——是的，我父母長眠此處。我常過來悼念他們。這裡環境幽靜，有煩心事來這裡可以散心。但今天我的心頭遲遲無法平靜。

——爲什麼？

——因爲我遇見了妳。

兩人都受到對方吸引，散步至涼亭繼續暢談。

此時，帕梅拉四十五歲，尤西恩十八歲。

尤西恩說他立志成爲詩人，帕梅拉便笑著說想讀他的詩。爲了討佳人歡心，尤西恩每次密會必定帶著新詩。之後，帕梅拉這麼說，她的雙親在自己懂事前就找了未婚夫。她與丈夫在婚禮當日才第一次見面。

丈夫溫柔體貼，帕梅拉只要追隨能幹的他，往後生涯就不成問題。而下一代同樣前途光明，兒子和丈夫一樣優秀。在她與尤西恩邂逅的五年前，兒子十六歲的時候，丈夫過世，家業由兒子和平繼承，接下來就剩等待兒子娶親了。

她的人生從未遭遇不幸。

但她從來沒有體會過熾熱的戀情。

對丈夫的愛，是攜手經營家園的同志意識與感謝，並非欣喜雀躍的情愛。

儘管兩人隔著年齡與階級差距的高牆，尤西恩還是無法死心。他一再找上唯一信任的兒時玩伴齊古，商量送給帕梅拉的禮物與情話。而齊古也與帕梅拉侍女聯手，長期幫助兩人偷偷幽會。

背著世人眼光，尤西恩與帕梅拉成爲一對愛侶。

除此之外，有一件意外的驚喜。

因爲和帕梅拉的戀情，尤西恩的詩作才情出現飛躍性進步。齊古讀了數十首新作，不由得讚嘆出聲。世間讚賞尤西恩的第一本詩集生動地傳達出愛情的熱情與悲切，令讀者心碎欲絕，創下新人罕見的銷量。

齊古提議推出第二本詩集時，尤西恩跟他說了未來的計畫。

——我們有身分差距，很難走入婚姻。所以我想出無法結婚仍能長相廝守的方法。亞肯家在郊外有別墅。她說等自己見證兒子完成人生大事，就會主動表明在別墅隱居。而我會在那邊跟她會合。這樣就能跟她在一起了，就算要我表面上擔任長住的僕役也無所謂。

帕梅拉的兒子道居羅已經二十二歲了。常常有人提親，其中不乏條件優秀的結婚對象。眼看尤西恩跟帕梅拉的夢想實現之日就在眼前。

三個月前，事態急轉直下。

約好密會的當日，只有侍女一人來到約定地點。她遞出的信上寫著帕梅拉罹患結核病，移居海邊療養院。

——我不會再見你了。我不想讓你見到我日漸憔悴的臉。我們分手吧。

尤西恩鎮日悲傷，齊古這麼安慰他。

——她只是情緒低落想不開。等她病好了就能再見面啦。

受到鼓勵的尤西恩繼續寄情書給帕梅拉。為了不被叔叔夫妻察覺，他借用齊古住處收件。帕梅拉總會回信，卻不改堅決分手的態度。

這種情況持續一陣子。三天前的夜晚，尤西恩造訪齊古住家。齊古從對方手中接下第二本詩集的草稿，自己則交出帕梅拉新寄的信件。

好一陣子，兩人各自沉浸在詩文與情書中。齊古讀完稿子，大力稱讚第二本詩集也會成爲傑作；尤西恩卻只是回以落寞的微笑。

帕梅拉的信裡夾帶了療養院的探病許可證。

——太好了。要是沒有許可證，我明天就要偷溜進去。

——爲什麼趕著明天？

——其實，我叔叔擅自幫我申請了移民資格。啓程日近在三天後。我想跟帕梅拉道別，送她最後的禮物。很抱歉突然提出要求，但可以將寄放在你這邊的帕梅拉信件，全都交給我嗎？

齊古錯愕不已。

——別開玩笑了，你怎麼可能拋下病魔折磨的帕梅拉女士獨自離去。移民船那邊可以解約，根本不用搭理。而且你幹麼需要信？

尤西恩細若蚊鳴地回答。

——我要帶到那座島上。

——那我送行的時候給你。萬一你叔叔他們偷翻行李找到信件，讓你跟帕梅拉女士的戀情見光，可就糟了。

——好。你送行時一定要帶信來。跟這份草稿交換。

齊古滿腹疑惑。

——這不像你啊，居然用珍愛的詩作威脅。怎麼了？因爲我前陣子狠狠批評你帶來的第三本作品嗎？每個人都有高低潮啊。帕梅拉女士康復，你的心情變好，又能繼續寫出好詩啦。

聞言，尤西恩突然露出似笑似哭的神情，斗大淚水從眼眶滑下。

——至少第二本寫得你讚不絕口是吧。太好了……

——怎麼啦，你冷靜啊，要不然就得頂著哭腫的臉見帕梅拉女士了。

尤西恩哭哭啼啼地不斷道歉。問理由，他只是一個勁重複「對不起。」

❀

齊古沉著臉，結束這段話。

「能幫我鑑定一下我手中的草稿是否爲眞貨嗎？」

齊古從斐伊手裡接過草稿。他快速翻閱，接著用力點頭。

「百分之百是眞貨。是他的作品，字跡一樣。」

「可以跟你交換帕梅拉老夫人的信嗎？尤西恩他們目前遇上一些問題，我一定會設法用信件來解決。」

齊古從隨身包裡拿出信，託付給斐伊。看上去約二十封。

斐伊前去支付三人飯錢時，齊古絕望地揪著安內希卡追問。

「尤西恩平安無事嗎？」

安內希卡一時之間猶豫不決，接著老實回答。

「他還活著。很抱歉，我能透露的就這麼多。不過斐伊現在真的在爲尤西恩先生與帕梅拉女士的幸福奔走。」

「……這就夠了。謝謝你們。」

齊古深深鞠躬致謝，隨即離去。

安內希卡與斐伊望著他逐漸縮小的背影。

「尤西恩說的最後禮物，是什麼呢？」

「我在他的行李中找到一件最有可能的物品。」

斐伊從行囊取出的東西，是女人口紅。看起來稍微使用過。安內希卡正想請對方說明，他就未卜先知般說出來。

「關於這支口紅，我之後再解釋。我剛剛偷聽到妳和齊古的對話。妳盡可能對齊古據實以答，果然是善良的人。」

斐伊笑了。逐漸西下的夕陽，灑落在那張比平常更加柔和的笑容上。

（7）一杯葡萄酒份的解謎

安內希卡和斐伊回到旅社。

尤西恩活力十足地待在廚房，擔任安內希卡母親的小幫手。見到這幅光景，兩人鬆一口氣往二樓去。一直在房裡陪著病人的賢者表示帕梅拉傷勢沒有惡化，卻沒甦醒跡象。

如今確認好尤西恩和帕梅拉的情況，斐伊告訴安內希卡自己想查證一件事，要回到賢者住處。然而，才剛抵達，他就宣布：「我要用一下紙筆，請妳讀完尤西恩兩人的信。」接著將信交給安內希卡，一個人躲進了書房。

安內希卡被留在原地，無可奈何地讀起信。

最初，她對擅自閱讀他人情書感到過意不去，卻益發入迷，讀得津津有味。過程中，她注意到尤西恩情書裡的一段話：我發現一種口紅，顏色跟那天見到的花很像。帕梅拉，我希望妳的雙唇能染上美麗的回憶。我迫切想將它交給妳，求求妳答應跟我見面。

這樣啊，口紅就是最後的禮物。

只是，三個月前移居療養院後，帕梅拉總是在寫告別的話語。她說自己本來就比尤西恩年長二十七歲，無可避免會先行離世。如今不過就是這一刻稍早來臨，希望尤西恩別太感傷。

然而，倒數第二封信，出現一句意味深遠的話語。

——要是能再活一次，我想與你共度人生。

尤西恩想來就是爲了這一句話，跟瓦濟訂下契約，試圖救活帕梅拉。

回過神時，她發現斐伊在廚房泡茶。

「讀完了嗎，安內希卡？」

「啊，剩一封了。斐伊你剛剛在寫什麼？」

「寫下解謎需要的紀錄。」

幾分鐘後，斐伊將裝著茶的茶杯放在安內希卡面前，自己則放了盛滿葡萄酒的酒杯。

他將紙堆擱在酒杯旁，在少女對面坐下。

「讀完了吧？這麼一來，解開四個謎團的線索都到齊了。」

安內希卡回想起今早斐伊列舉的四個謎團。

和瓦濟訂定契約的，是尤西恩還是帕梅拉？

契約者的願望是什麼？

瓶中藥水的正確使用方法爲何？

最後，這個願望導致何種事態？

「……開始解謎吧。」

斐伊宣告。

「首先，瓦濟的契約者是誰？契約者本人當然知道瓶內藥水的功用是『恢復年輕身體，同時失去對應年分的記憶』。假設帕梅拉是契約者，她應該會事先擬定好失憶時的對策。瓦濟契約的保密義務是針對第三者。她留紀錄給自己看不會有問題。可是返回二十多歲的她卻連夫家亞肯家的路都認不得，從警衛口中得知賽羅死訊時還倉皇失措。」

「確實如此，她如果在日記之類的地方留下資訊，就不會有這種反應。」

「我們來考慮另一種可能，例如，帕梅拉原本只打算讓尤西恩飲用，卻不愼拿錯杯子，因而誤飲——這也不是不可能。」

「爲什麼？」

「帕梅拉年輕了二十四歲，但尤西恩現年只有十九歲。假如他年輕二十四歲，會超過嬰兒時期，連自身也不復存在；反過來的話，如果尤西恩是契約者，要給自己的藥水被帕梅拉誤飲的假設也不成立。他不可能想讓自己年輕二十四歲。」

「這麼說來，契約者是尤西恩，他想讓帕梅拉服下藥水。」

「正是如此。接著，契約者想實現什麼願望？尤西恩不惜借助非人之物的力量也想實現的心願是？」

「……拯救心愛的帕梅拉免於絕症？」

「是的。從瓶內藥水的效果來看，尤西恩應該是這麼想的。欲拯救帕梅拉的性命，讓她的時光回溯到感染結核病之前即可。」

安內希卡驚訝得雙眼圓睜。

回溯時光，就能取回患病前的健康身體。

「不過，結核從感染到發作期間，大致是半年到兩年。」

「兩年？尤西恩知道嗎……」

「就算不知道，瓦濟應該也會告訴他。計算發病時期與在療養院度過的時間，可得出回溯兩年三個月，即可拯救帕梅拉。但相對的，帕梅拉會遺忘所有與尤西恩相愛的點滴，因爲他們一年前才相遇。」

安內希卡猛然想起剛才的信，她複誦：

「——『要是能再活一次，我想與你共度人生。』」

「是帕梅拉信裡其中一句話對吧。」

「對。我想過爲什麼她不是年輕兩年，而是回溯了整整二十四年。或許尤西恩是爲了實現帕梅拉的期望，才讓她回溯到與自己相仿的年齡。」

「我也這麼認爲。請求妳的幫助果然是對的，妳眞可靠。」

「是、是嗎？」

安內希卡啜飲一口茶掩飾害羞。茶雖然涼了，清爽的滋味也令她放鬆了點。

「那麼，實現願望導致了什麼事態？」

「尤西恩獻給瓦濟的代價應該是詩的才華，他最近突然水準大降。然而失去詩才的他又打算怎麼謀生，跟重返年輕的帕梅拉生活？」

尤西恩無法依靠叔叔夫妻。

帕梅拉是臧達爾人。她跟斐伊一樣，長相在這個國家過於醒目。

「他打算兩個人移民到島上？原本不打算搭船的尤西恩突然問起攜伴事宜，就是因爲他改變心意，覺得可以跟帕梅拉住在島上。第一年會發津貼，至少可以餬口。」

斐伊點頭肯定。

「跟瓦濟訂定契約後，尤西恩前去拜訪齊古。他的目的有二，第一是將立約前完成的草稿交給齊古，第二是收回所有帕梅拉的來信。」

「爲什麼他要收回信？」

「爲了彌補帕梅拉遺失的記憶。尤西恩打算用能證明兩人曾經相愛的情書，來說服年輕的她。這是她親自寫下的信，筆跡與遣詞用字都是眞心誠意。他萬萬沒料到齊古擔心神色有異的自己，打著在最後關頭交貨以免叔叔得知的名義，不願當場還信。」

尤西恩受到保密義務的牽制，因此接受了齊古的提議。但爲了增加取回信件的保障，提出拿第二作草稿交換的條件。

「隔天尤西恩前往海邊療養院，用最後想走一次回憶之地的藉口，請她穿上喬裝的樸素衣物，將她帶離……從這邊開始，許多地方是我的想像，因爲沒有證據。尤西恩兩人藉口要稍事休息，住進這座城鎭附近的旅社。此時大概出了突發狀況。例如帕梅拉發病。慌了手腳的尤西恩爲了救她，餵她喝下事先準備的二十四年分瓶內藥水。」

斐伊將空的香水瓶放在桌上。

這是今早安內希卡在旅社馬廄撿到的瓶子。之所以沒有殘香，大概因爲尤西恩在分裝瓶內藥水前，已經倒出內容物洗過。

「理想狀態是不違反保密義務地解釋完畢，確認她本人意願，再請她配合準備用來說服新生帕梅拉的證據，誰知道計畫走樣。尤西恩傷透腦筋，不得已之下只好跟清醒過來的她說明來龍去脈。」

安內希卡想像那畫面。妳是貴族寡婦，有個即將滿二十二歲的兒子，一年前跟相差二十歲以上的情人交往，卻罹患了肺病——要是有個陌生男子這麼跟她說呢？而且他還對於關鍵的返老還童理由與方法模糊其詞呢？

「帕梅拉想必不會相信尤西恩。所以她才逃走了嗎？」

「她認定自己在婚禮前日被陌生男子綁架，趁他露出破綻而騎馬逃跑。然而她的記憶停留在剛嫁來這個國家不久，她想求助唯一能依靠的未婚夫，卻不知道宅邸怎麼走。」

「於是她向像同鄉的你問路。」

「沒錯。沒想到亞肯家的警衛卻告訴帕梅拉，她的未婚夫早在六年前死亡。此時她心中應該開始相信尤西恩的說法了。因此她問了兩個問題：塞羅的墓在哪裡？帕梅拉是不是就如尤西恩所言，人在海邊的療養院？」

「……帕梅拉見到塞羅的墳墓，不得不承認他的死亡。」

「此時追在她後頭的尤西恩現身。」

從狀況來判斷，自稱醫生的褐髮青年只可能是尤西恩。

「這次帕梅拉爲什麼沒逃走？」

「她什麼都沒帶，應該連錢都沒有。再加上此時她也明白尤西恩用力陳訴的奇聞有部分事實。她大概是爲了追問眞相，與他同行。」

安內希卡想起帕梅拉來到旅社時，頂著一雙哭腫的眼。

或許她是在墓碑旁哀悼相識前便已亡故的丈夫而落淚。

「入住妳家旅社的兩人協商起來。帕梅拉認眞傾聽尤西恩的說法。她可能也接受了自己年輕二十四歲這個難以置信的事實。尤西恩見到帕梅拉稍微恢復冷靜，開口邀請她共乘移民船：一如妳在信上許下的願望，跟我共度妳的新生吧。但她猶豫或拒絕了。」

這也難怪。即使從前相愛，現在他成了陌生人，還要自己在認識第二天就跟他搭船前往更陌生的土地。

「帕梅拉可能反過來想說服尤西恩。像跟他說：如果你的話屬實，我兒子會擔心。我們不能一起去亞肯家解釋嗎？但他反駁：這我辦不到，我害他的母親消失是事實。」

「是我昨天聽到的話！」

尤西恩讓帕梅拉回到生下道居羅前的年紀——說他害得道居羅的母親消失也不爲過。

「尤西恩與帕梅拉的溝通並不順利。兩人房間遠離餐廳跟妳們房間，沒人注意到爭吵也很正常。於是不幸的意外發生。或許是情緒激動而昏倒，又或者是尤西恩生氣推了她，帕梅拉的頭撞上櫃子，受了嚴重到昏厥的傷。」

「爲什麼尤西恩不立刻找醫生治療帕梅拉？」

「尤西恩立了約，讓帕梅拉恢復年輕。他沒辦法向醫生說明內情，也有被懷疑的風險。該怎麼做才能救她？就跟她發病時一樣。只要餵帕梅拉喝下瓶內藥水，回溯她的時光到受傷前就好。」

「……既然可以讓人回春來擺脫病痛，我能理解尤西恩在倉皇中想到讓帕梅拉回到受傷前。可是爲什麼變成他返老還童了？」

「房裡水壺是空的，不知道是不是爭執時帕梅拉倒地撞到，杯子也碎了。妳覺得該怎麼做才能餵她喝下瓶內藥水？」

安內希卡回想起信上與行李中尤西恩送給帕梅拉的口紅，以及倒地的兩人雙唇都染上一抹紅。她想像帕梅拉在墓地被拚命說服自己的尤西恩打動，拿起他贈送的口紅。

「尤西恩將小瓶藥水含在嘴裡，口對口餵帕梅拉喝，是吧？但過於心急的他失誤，不小心自己嚥下去……」

尤西恩之所以倒在門邊，應該是因爲他想出去求救，卻來不及。

「從狀況來看，我也這麼想。他從未想到同樣事態會二度發生，因而慌了手腳。於是那間客房的景象就此誕生。」

「最後的謎團，是瓶內藥水的正確使用方式。尤西恩回溯十年，帕梅拉回溯二十四年。倒流的時光不是固定的。這表示可以透過劑量來調整回溯年分。既然那種藥對帕梅拉跟立約的尤西恩都有功效，藥效應該適用任何服用的人。藥剩下約四分之一的量。尤西恩跟帕梅拉回溯的歲數合計有三十四年。粗估喝光整瓶藥水，即可回溯五十年光陰。」

斐伊將小瓶置於桌面。

「……但也不知道正確的分量。」

「有個方法可以查出來。那就是直接實驗。」

瓦濟的忠告忽然躍上心頭。

——斐伊，我老早就看透你的打算。不過，安內希卡一定不希望你這麼做。

「很抱歉，安內希卡。剩下就交給妳了。」

安內希卡反射性想搶下桌上的小瓶子。

沒想到斐伊一口氣喝乾葡萄酒，接著直接倒在桌上。

安內希卡慘叫著趕到他身邊，多次搖晃他身體且呼喚名字，斐伊卻毫無反應。

「該找醫生，不對，不行。既然是瓦濟的東西，得找賢者……」

話說到一半，她猛然回神。她的視線停留在桌上的紙堆。

安內希卡，用不著找佩帖爾老師來。我算出了約百日的用量。等我醒來請把這份紀錄交給我，告訴我一切。由妳來說，我就會相信。

給安內希卡的留言僅只如此。剩下的紙上寫著斐伊留給失憶自己的指示。

安內希卡強忍淚水，把紀錄讀了一遍又一遍，痴痴在他身旁等待。

不知道過了幾分鐘還是幾十分鐘，斐伊發出微弱的聲音。

「……安內希卡？」

斐伊以恍惚的表情凝視著自己。安內希卡不假思索抱住他。

「太好了！你沒有一睡不醒！啊，不好意思嚇到你了。其實……」

斐伊輕輕歪起頭。

「……妳換香水了？」

安內希卡愣住了。

察覺這句話的意義，淚水立刻奪眶而出。她知道斐伊感到困惑，然而她無法控制。

（8）另一封信

聽完安內希卡的說明並閱讀紀錄後，斐伊接受現狀。邊聊邊確認之下，得知斐伊遺失了八十六天的記憶。

折回旅社向賢者解釋狀況後，他們餵帕梅拉喝了比斐伊更少的藥水。轉眼間，帕梅拉身上的傷消失了。

「非常抱歉，安內希卡。我的助手給妳添麻煩了。」

「我才該道歉。我一直陪在斐伊身邊，卻沒阻止他亂來。對不起。」

「妳一點錯都沒有。斐伊，你跟安內希卡好好道歉過了吧？」

「……道歉了，老師。」

「這句話我都不記得說過幾次了，你應該更愛惜自己才對。」

賢者為斐伊診療身體是否有異狀。這段期間，斐伊始終愧疚地低著頭。

幾分鐘後，帕梅拉睜開眼睛。賢者診療帕梅拉，確定極為健康，沒有異狀。他說要跟安內希卡的父母報告，就下了樓。

安內希卡兩人將尤西恩與夫人自己寫的信跟小瓶子交給帕梅拉，並且說明經過。帕梅拉默不作聲聽著兩人的話。等漫長故事結束，時間已到深夜。九歲的尤西恩被安內希卡的母親哄睡，獨自在隔壁房間進入夢鄉。

帕梅拉坐在床上，沉浸於四十六歲的自己寫的情書。

讀完最後一封，帕梅拉悲傷微笑。

「……我一時難以置信。」

「這無可厚非。」

帕梅拉珍惜地撫摸情書，望著床單上的小瓶子。

「這名叫尤西恩的青年打從心底深愛年長二十七歲的我，我卻讓他失去詩才，還奪走他十年歲月……我眞是個壞女人。」

「決定代價的是瓦濟，而決定跟瓦濟訂契約的是尤西恩。他爲了拯救罹病的妳，採取這種略嫌粗暴的方式。」

「告訴我，他接下來該怎麼辦？我還可以依靠我兒子。」

「他的親人剩下叔叔夫妻，但不太能指望……」

這樣啊。帕梅拉低聲呢喃，垂下纖長睫毛。淚水從她的臉頰滑落。

安內希卡與斐伊摸索起口袋，想給她手帕。

「恕我謝絕兩位的好意，能讓我洗臉嗎？」

用袖子掩著臉的帕梅拉起身，出了房門探尋洗臉用的水。

一陣尷尬的沉默。

斐伊收起帕梅拉攤開的信，閒得發慌的安內希卡整理起床單。沒多久便無事可做。安內希卡很在意帕梅拉遲遲未歸，對斐伊說出考慮已久的事。

「……沒辦法讓帕梅拉收養尤西恩嗎？」

「對道居羅他們這些亞肯家的人而言，尤西恩儘管救了帕梅拉一命，卻也是讓她人生走調的罪魁禍首。」

安內希卡嘆了口氣。此時，斐伊突然臉色大變地跳起。

「糟了！」

「怎麼了？」

「瓶子不見了。是帕梅拉偷偷拿走的！」

隔壁房間傳來聲響。斐伊與安內希卡互看一眼，衝到裡頭。

一名神似帕梅拉的少女閉著眼睛，依偎在床上睡得正香的尤西恩身旁。她的身體一點一滴縮小，面容漸漸稚嫩。少女腳邊有個小黑瓶。

燭台點亮的桌上放了一張紙。

致斐伊先生與安內希卡小姐

兩位爲了拯救素不相識的我，盡了各方面的努力，我衷心感謝。

臧達爾人在這個國家很少見，想必有些居民還記得二十四年前的我。要是知道二十二歲的帕梅拉生活在現代，可能會造成須保護亞肯家的第十七代當家道居羅的困擾。因此我決定再服用一點回春藥。

可以的話，請將我跟尤西恩送進同一間孤兒院。

寄給尤西恩的信上寫著：遇見你讓我初識愛情滋味。這次我可以跟他在沒有身分與年齡隔閡的狀態下相識了。

我想我們一定能談場幸福的戀愛吧。

帕梅拉敬上

（9）空棺

峰迴路轉的一切結束後，斐伊與安內希卡帶著兩個孩子前往亞肯府說明狀況。最初道居羅十分震驚，對瓦濟與小黑瓶抱持懷疑態度。後來願意相信，要感謝從老夫人兒時起服侍她的奧弗利克，他認出女孩是帕梅拉，拚命勸說不可交給孤兒院。小女孩也察覺年邁的奧弗利克就是常伴左右的僕人。接著又找了齊古，請他道出兩人多麼相愛。情書行文的急切性也十分打動人心。最後，道居羅尊重帕梅拉的心意，同時領養尤西恩。

他說為了避人耳目，會讓他們入住別墅。帕梅拉兩人理想的生活即將實現。

亞肯家對外宣布帕梅拉死於結核病，用一只空棺舉辦葬禮。

葬禮後數日，斐伊與安內希卡受邀至道居羅的宅邸作客。

起先，他們聊了謝禮與兩個孩子，閒話家常後，道居羅開口。

「克洛亞先生，聽聞你近期要回臧達爾。可以的話，我很希望把你這位貴客留在亞肯家，暢談家母祖國的事。」

「謝謝這份好意。不才如我，蒙您這般過譽，實在惶恐。」

斐伊鞠了躬。安內希卡第一次聽說回國的事，內心混亂。

「但我勸你還是別回國。」道居羅突然忠告。

「這是爲什麼？」

「家母在臧達爾的親戚寫信來。他身處政壇，聽聞臧達爾不久會對鄰國希路宣戰。」

雖然斐伊臉色發白，但藍眼寄宿著強韌的光，斬釘截鐵回道。

「我知道這件事。正因如此，我非回去不可。」

安內希卡無意識地緊抓住斐伊衣角，後者對安內希卡露出笑容。期間，道居羅談起關於國境地帶的礦權紛爭，沒有半個字進到她的耳裡。

離開宅邸，她小心翼翼問起身邊的斐伊。

「你爲什麼執意回國呢？」

「以前有一場戰爭，我能力不足，沒能阻止。」

「……賢者都跟你說了，要你更愛惜自己。」

斐伊停步，注視著安內希卡。

「安內希卡，我以前靠著父親發的戰爭財過著豐衣足食的生活，瓦濟就像是嘲笑我一般，在我旅行的行經之處找了一個又一個的契約者……說穿了，我是受到無辜人民之死所眷顧成長，至今仍然散播著不幸的男人。」斐伊困窘笑了。「不應該讓我這樣的人獨自獲得幸福。雖然不管救了多少人都無法彌補這些逝去的生命，但十年前，我失敗了，也不想再和任何人建立深刻的關係，只是承蒙佩帖爾老師的好意，留在他身邊低調度日，但沒有用的。我就是沒辦法坐視不管。我要回臧達爾。」

「你要怎麼阻止開戰？」

「臧達爾的軍需產業仍由克洛亞商會主持，我會試著說服家父。」

安內希卡不甘地咬著下唇。「……要是我希望你留下來呢？」

「我看起來像會回心轉意嗎。」

「你沒說過你要回國。你明明說過你不會再隱瞞我。」

「誰叫我是騙子呢。」斐伊丟下這句話，再也沒有轉過臉。

❀

三日後的清晨，安內希卡造訪了逃避好一陣子的賢者住家。

只有賢者一人應門。「妳接下來要去港口嗎？」

「什麼意思？」

好一會兒，兩人的對話牛頭不對馬嘴，賢者察覺到理由，苦著臉解釋。斐伊這天中午前往臧達爾，也提起出發的港口和發船時刻。

「斐伊眞是的，什麼都沒跟妳說。」

「……我在斐伊心中，是不是可有可無的存在？」

安內希卡強忍淚水說出這句話，沒想到頭頂傳來語帶錯愕的回應。

「怎麼可能。這九年來，他一直避免與人深交，妳是他唯一願意待在身邊的人啊。」

安內希卡睜大了眼睛。兩人相處下來的九年時光，一幕一幕在面前走過。

「我這個不肖徒弟，絕口不提回國理由，但他應該是不想將最珍視的人捲進去。」

辦公桌上的紙山間隙，賢者露出的臉龐正溫柔微笑著。

他將一張紙遞向安內希卡。

「據我所知，他會用『相信』這個詞的人就只有妳。」

——由妳來說，我就會相信。

「妳就放手做妳想做的事吧。」

安內希卡稍事思考，對賢者深深鞠躬。

她接著離開，向旅社狂奔。滿腦子想的都是在船旅時刻帶什麼行李。

雙面刃

（1）紅髮廚師

極北之境的秋天腳步來得很早。不久，西風就會吹凍大海，港口跟著關閉。基鐸上工的小小餐廳，愈來愈多客人點起溫暖的燉煮料理或熱湯。才送上熱騰騰的菜餚，常客就出聲要結帳。

「你要走了？夜晚正要開始呢。」

見到基鐸惋惜的模樣，客人用下巴示意深處座位。穿著枯葉色軍裝的團客圍著餐桌。那是臧達爾國軍。貌似軍官的年長男人與四名年輕士兵正在讀菜單。

客人一臉不悅。「那些傢伙在旁邊，酒都變難喝了。」

基鐸不置可否，目送客人離去，前往方才提到的那桌。幫他們點餐的期間，年輕士兵面紅耳赤地說個不停。

「不知道何時會開戰？」

「勝利就在眼前。乾脆別等希路宣戰，直接進攻吧。」

語帶贊同的笑聲響起。

基鐸盡力忽略他們，然而刺耳的聲音傳入耳中。

「這可不成。侵略希路這種國力明顯劣於我國的國家，會受到各國抨擊。我國間諜努力遊說對方權貴，催化他們主動宣戰。小動作大概由克洛亞商會包辦吧。手法跟諾德那時候一樣。」

基鐸在記事本上抄寫菜色的手不禁停下。

男人翹起二郎腿，他的腿竟非血肉，而是猶如長棍的銀色義肢。

基鐸跟義肢男對上眼，心慌地假笑著圓場，匆匆忙忙離開客桌。

「我告訴你們。我們國軍是守護皇帝陛下，並且為祖國帶來安寧而構築出來的鐵壁。正因如此——」

義肢男繼續高談闊論，不過，已傳不進遠去的基鐸耳中。

基鐸回到廚房，心情未平。他嘆氣，叼起菸斗點火。

自己的故鄉，諾德在戰爭中輸給鄰國臧達爾，遭到併吞，至今已過九年。

慘遭毀滅的諾德城一夕化作廢墟。諷刺的是，當國界消失而重新整頓交通幹道之後，如今的王城比戰前更加繁榮。臧達爾帶來的豐富資源與頂尖技術，替這座城市的生活水準掀起了革命。

人民再也不需要畏懼飢餓。

然而失去的事物無法再次挽回。

基鐸吐出白煙。苦味殘留嘴裡。

聽見外場的女老闆韻娜呼喚自己，基鐸捻熄菸斗，走出廚房。

「好久不見的老朋友來了。」

女老闆笑吟吟站在門邊，在她的身旁佇立著一名男性旅人。他將長袍兜帽壓得很低，但遮不住的金色髮絲和高貴氣質，刺激了他的陳舊記憶。

「斐伊！」

「嗨，基鐸，很高興又見面了。」

時隔九年重逢，友人斐伊才打完招呼，立刻指向店外。

「有必要到外面去嗎，在店裡聊就行了吧？」

基鐸任職的這家餐廳，斐伊在戰前就常跟他上門。女主人也沒有變，實在不需要顧忌。不過，只見斐伊朝店內張望，小聲提議。

「我想找個不用擔心隔牆有耳的地方跟你聊。最好是我們都熟的地點。」

基鐸腦中浮現的選項只有一個。

「在諾德城的廢墟如何？」

「沒問題。那我們在城堡碰頭。」

「咦？」

斐伊一轉身，馬上朝店外飛奔。

「站住！」聞聲回頭，那名義肢男起身大吼。他身邊的年輕士兵也連忙拔腿追逐斐伊。店內吵嚷起來。驚愕的女老闆也從廚房走出。

「發生什麼事了嗎？」

「晚點再解釋。如果那些軍人問起來，麻煩跟他們說我不舒服先回家了。」

基鐸穿過廚房，沒帶東西就衝出後門。

基鐸自坍塌的牆壁隙縫間鑽入化做廢墟的諾德城。戰後，他多次偷偷摸摸溜進城裡，因此對適合聚會的地方有些眉目。一從舊時王宮廚房的後門進入城內，他就停下腳步，豎耳傾聽。

沒聽到追兵的動靜。

基鐸循著灑落廢墟的月光，在鴉雀無聲的城內尋找斐伊身影。當他漫步在走廊時，發現遠處出現了微弱的光線。光源來自大廳方向，走近之後，他注意到門扉受到破壞，一邊門板拆下。悄悄從暗處往內窺探，只見斐伊坐在提燈旁。

「嗨，累死我了。老兄，你到底幹了什麼才被軍隊追捕，有頭緒嗎？」

基鐸在斐伊對面坐下。友人屈指計算，最後聳了聳肩放棄。

「數不完。你戰後就在那家店工作嗎？」

「沒有，兩年而已。我有段時間移居希路。回國時，有點懷念那家店，跑去看看，韻娜大姐擔心我沒工作，我就順勢留下，才有現在的生活。」

「願意告訴我你回國的理由嗎？」

基鐸苦笑，替菸斗換上新菸草，他回答。

「在那邊，我差一點揹上僞造希路幣的黑鍋，不想吃牢飯一輩子就逃了。你記得叫『業』的軍火商人吧？就是那個沒影子的怪物陷害我的。」

「……他是非人之物？」

「沒錯，裝成人類過活。話說回來，這裡的軍官提到，他們要讓希路主動宣戰而派出間諜滲透。說不定就是那傢伙吧？他有前科又是軍火商人，跟克洛亞商會也有勾結。」

斐伊臉色凝重，不發一語。那張端正的臉孔比基鐸印象中的少年模樣更成熟了，但仍不像是二十來歲的男人：相較之下，基鐸外表比實際的二十二歲還顯老。旁人想必猜不出誰年紀比較大。

基鐸點菸靜候，冉冉上升的煙逐漸沒入黑暗。

斐伊終於說話：「能把你對業的了解全告訴我嗎？」

「可以啊，爲什麼問起他？」

「我想阻止希路跟臧達爾開戰才回國。」

基鐸目不轉睛地盯著斐伊。斐伊的表情認眞得有些嚇人。

基鐸將菸斗拉離嘴，抖掉抽剩的菸草，笑著踩熄餘火。

「你還眞是一點也沒變啊。我要從哪裡說起好呢。」

九年前，斐伊離開諾德之後，業開設的武器工廠獲得國王支持而有飛躍性發展。然而，在與臧達爾的戰爭中，整座工廠受到破壞，連片磚瓦都不剩。包括業在內的員工應該都已被滅口。

可是兩年前，基鐸卻在移居的鄰國希路見到了業。

——爲什麼不該在這世上的人會出現？

疑問成了導火線，他想到一個可能性。

——唯有業撿回性命，莫非他背叛了生長的故鄉諾德，跟臧達爾勾結？

基鐸想確認眞相，找上業，險些成爲業所設下的陷阱受害者。

「斐伊，你在戰前去過業的老家吧？」

「嗯，我想調查是否能放心讓他坐牢。」

「既然如此，你應該知道戰前武器工廠的少東不想繼承家業，離家出走。他在希路成了印刷工，遇見自稱黑市商人的男人。他用一把可以切割影子的神奇匕首，分離身上的影子。獲得自由的影子與主人長得一模一樣。那個影子就是我們認識的軍火商人——業。」

「影子主人去哪了？」

「他在希路坐冤獄，已經處決了。背後當然也是業的把戲。」

「業假冒原本的主人，回到諾德繼承家產……你問過業爲什麼背叛諾德嗎？」

「他沒說，但我思考了很久。」基鐸將身子稍微往前探。「我們睽違八年在希路重逢時，業仍是個青年，外貌沒有任何改變。業殺了自己的主人，失去模仿對象，很可能就不會變老。」

「了解。基鐸，我還想問一些關於業的事，可以嗎？」

接著，斐伊問了許多枝微末節的事，然後提出奇特請求。

「能讓我看看你的影子嗎？」

基鐸感到詫異，但乖乖照做。

斐伊走到剩下斷垣殘壁的陽臺，就著月光觀察起基鐸的影子。

「業那把能切割影子的匕首不是掉到你的腳下嗎？……喏，就是這裡。」

斐伊指著基鐸的一處影子。

青年嚇一跳。因爲那裡有道宛如白線的三、四公分裂縫。

「這是匕首的痕跡。你說業掉了那把『割影匕首』時，是用手背推開是吧。記不記得當時他有沒有受傷？他是右撇子嗎？」

「他用右手玩那把匕首的，但不記得他有沒有受傷了。爲什麼問這些——啊，既然匕首能切割影子，說不定就能切開原本是影子的業！」

「還沒查證，也說不準……我很想知道如果用那把匕首傷到他，傷痕是否治得好。」

斐伊若有所思地呢喃自語。跟基鐸對上眼時，這才想到似地開口。

「抱歉都是我在問問題。你有沒有想說的事？」

基鐸想了一下，說：「你離開諾德後，都在哪裡，又做了些什麼？」這個問題作爲開頭，兩人氣氛融洽地聊起近況。當東方漸白時，斐伊說自己差不多該回旅社了。

「改天見。」

離開廢墟的臨別之際，基鐸主動跟斐伊握手。但斐伊緊盯著他伸出的手，默默搖頭，只是望著疑惑的基鐸露出沉穩微笑。

「謝謝你。」斐伊留下這句話，便行離去。

基鐸嘆了口氣，慢慢回到店裡。

店裡的燈熄了。沒見到軍隊士兵的身影。基鐸走往後巷，登時停步。

因爲義肢男就坐在後門的石梯上。

基鐸往後退。

「我沒打算抓你。」義肢男開口。「我只有一個人，部下都打發回去了。你隨時能開溜，認眞跑起來的話，我這腳也追不上，所以聽我把話說完吧。」

義肢男試圖站起，卻一個踉蹌。基鐸反射性地上前攙扶。

「你整個晚上都在這裡等我，身體怎麼承受得了？」

「是啊，都忘了自己多老了，還要逞強。」

義肢男苦笑。他稍微重整站姿，鐵關節嘎吱作響。

他厚實掌心擱在基鐸肩頭，繼續說道。

「臧達爾語說得很道地，不過你是諾德人吧？生得一頭紅髮，加上點桀的反應就很明顯了。筆記本也是寫諾德語。」

被這麼點破，基鐸別開視線。「那又如何？」

「你是個熱愛滅亡祖國的青年，所以我想不通這件事。與我國首屈一指的國防產業、合併諾德的功臣——克洛亞商會的獨生子重逢，你怎麼如此高興？」

「克洛亞商會的獨生子？」

「我指來找你的金髮青年。他全名是斐伊．克洛亞。雖然十年前失蹤，但那副容貌錯不了，他從小就跟會長譽爲絕世美女的已故夫人如出一轍。」

「……不可能。」基鐸驚駭不已。想反駁時，腦中卻閃過朋友臨別的笑容。

「你不信也無所謂，不過在我報告軍方他回國之前，我要確認一件事——你昨晚跟他說了什麼呢？」

（2）最恐懼的事物

關於克洛亞商會會長羅丹如何獲得那面奇特的鏡子，事情要從客戶商船被暴風雨擊沉說起。

「下艘船平安返航，我就籌得出錢。求求你，容許我過一段時間再付款。」貿易商哀求，但羅丹不理會。他親自來到商人宅邸，扣押了所有值錢物品。

鏡子就藏在地下倉庫的深處。

上頭蓋了老舊布巾，沾滿灰塵。掀起布巾，鏡子光潔得像剛擦拭過。鏡面用類似黑曜石的礦物打造而成，鏡框的雕銀工法精緻，只可惜在顯眼處，有個紅褐色的圓形汙漬。部下用指甲刮去汙漬時，鏡面發出微弱光芒，當他嚇得收手，光芒登時消失。見到這幅景象，羅丹逼問貿易商。貿易商起先支支吾吾，受到威脅後，招出那是面特別的鏡子。

據說鏡子具有特殊能力，顯示出觸碰鏡面的人深藏內心最恐懼的事物。它是某名貴族的遺物，原本主人用來威脅別人，卻在自身第一次，同時是最後一次的試用時發狂身亡。

商人述說這是約二十年前從鄰國希路二手市集購得的戰利品。賣家是個能言善道的人，龜裂的皮膚讓人聯想起蛇鱗。

羅丹半信半疑地道：「你試試看。」聞言，貿易商大驚失色就要逃走。

羅丹命令部下逮住貿易商，逼他碰觸鏡子。鏡子再次散發淡淡光芒。見到鏡面的貿易商扭曲臉孔發出慘叫，痼疾發作斷了氣。觸碰的人沒命之後，鏡面的光芒消失了。

羅丹將屍體交給部下善後，思索起來。看這副死狀，鏡子似乎真有特殊能力。

他搬走那面鏡子，不打算出售，擺在書房。

——鏡子具有特殊能力，顯示出觸碰鏡面的人深藏內心最恐懼的事物。

若這是事實，他說什麼也要對一個人使用。

軍火商人——業。

十五年前，克洛亞商會開始投資臧達爾的軍需產業，因此和軍火商做起貿易。認識業的契機，就是供貨商的引薦。

業擅長會計，協助過軍方主計長官，因此在軍內也有人脈。他自曝非人之物，但除了沒有影子，其他方面都與人類無異。然而，他極力避免缺少影子又不會衰老的樣貌受到矚目，不願在檯面出頭，只想退居幕後。他是不可多得的左右手。

比起不堪用的人類，能幹的怪物更好用。羅丹這麼判斷，僱用了業。業的商業頭腦超越期待。短短三年，他就讓全國的軍火商歸順克洛亞商會。世間熱議著克洛亞商會是臧達爾國防重心，民眾以為這全是羅丹造就的大業。

業的才能超乎羅丹的想像，但九年前，業成功併吞諾德之後，一切走調。

臧達爾是群山包圍的內陸國。要是取得海路，交通便利性將大幅改變。因此皇帝歷來都想取得不凍港。諾德港口在冬天會結凍，但已是臧達爾初次得到的沿海土地。

皇帝給予立大功的業高評價，親手賞賜他。即使是臧達爾首屈一指的富商會長羅丹，也從未有過這番榮幸。謁見祕密進行，但軍隊幹部與皇帝重臣皆知曉此事，此後，他們對業的態度有了明顯轉變。

見到事態如此發展，羅丹大受打擊。

有朝一日，羅丹死去，業勢必掌握克洛亞商會的實權。

即使羅丹指定其他繼承人，業背後有皇帝與國軍撐腰，必然輕易推翻。他想隱瞞沒有影子又不會老的身體，只要僱用扮演會長的人類即可。沒有死期的怪物在幕後操縱克洛亞商會，直到永恆。

羅丹下定決心取走業的性命，他僱用五名退役軍人，全是過去暗殺政要的好手。沒想到徹底失敗，刺客慘遭反殺，死了四人，唯一倖存者瞎了雙眼。

據說，業望著受盡劇痛折磨的刺客這麼說——去告訴你的委託人……快捨棄殺了我的愚蠢念頭。你們無法取我性命。

「業就算受傷，也會立刻癒合。劍砍、破頭，火燒都不痛不癢。毒也起不了作用。他可能是不死之身，或是只能用特殊武器才殺得死的怪物吧。」

羅丹很苦惱。業莫非不老不死？還是如同刺客推測，用特別武器就能取他性命？

暗殺計畫喊停，而業表現得若無其事。

時光流轉，來到今日。克洛亞商會的軍火業績連年攀升，少了業已無法運作。假如能用那面鏡子的力量，映出觸碰者最恐懼的事物——或許就能找出殺死業的方法。

眼看要與希路開戰，目前殺死業並非上策。但若是單純的把柄，他恨不得立刻取得。羅丹將人生全奉獻給克洛亞商會。要他把主導權讓給他人，他連想都不願想，更不用說是被怪物奪權。

羅丹爲了驗證鏡子能力是否爲眞，以及發動條件爲何，做了實驗。他付錢給遊民，沒說明功用就要求對方觸摸鏡子。經過三次嘗試，他確定這面鏡子只要觸碰就會啓動力量，映照出對方最恐懼的事物。

然而，某日，業撞見了實驗。

羅丹在情急下考慮撒謊，但如果無法完美過關，後續會更棘手。所以他半是自暴自棄地坦承鏡子能力與來歷。

「我很好奇，你用了的話，到底會映照出什麼？」

「我不是人類，能用嗎？」

「什麼意思？」

「要是任何生物都能發揮作用，鏡面上停了一隻飛蟲也會啓動。聽說空氣中充滿許多肉眼看不見的小生物。但爲何鏡子不會時常啓動？不就是因爲只對人類起得了作用？你試過鏡子對其他動物的功效了嗎？」

羅丹完全沒想過用動物來測試。業點出思慮不周，他暗自惱火。

沒想到業又笑道：試試也無妨。

「只要你也讓我見識最恐懼的事物是什麼。」

他的回答出乎意料，羅丹懷疑起自己耳朵。但錯過千載難逢的機會實在太可惜，儘管對交換條件心生猶豫，他仍然當場答應。

「這面鏡子要用肉身觸碰才會啓動。」

羅丹制止了業，因爲他戴著手套觸碰鏡面。

業脫下手套。右手背上有個黑色裂縫似的傷痕。

他觸摸鏡子，鏡面散發淡淡光芒，運作起來。

畫面上，是某座都市的廢墟，籠罩在陰鬱的天色之下。

接著，鏡面彷彿跟著某人移動的視線，逐步映照出一連串光景——斷垣殘壁、瓦礫山積、沾滿塵土的破舊家具、寫有文字的碎紙。視線中的光景時而劇動，映照跑過暗處的老鼠、匍匐石上的蜥蜴，或是地面爬蟲。

影像沒有任何聲響，不過樹枝搖曳不止，顯見強風吹拂。

「……這到底有哪個部分讓你害怕了？」

羅丹皺著眉，窺視業的神情。業嚴肅地緊盯著鏡子，彷彿不願錯過任何一幕。

棄置在廢墟中的砲台不堪腐朽而崩塌。

黑色小鳥飛竄出了築在砲管中的巢。同一時間，畫面視角大幅轉換，騰空至與飛鳥相同高度，隨後漸漸降至地面。

灰色世界的中央，有一道人影。

那似乎是業，因爲腳下沒有影子，他的帽緣壓得很低，長相模糊不清。他衣衫襤褸，沒有穿鞋。接著，風掀起了帽子。業的表情難以捉摸。在一切蒙上塵埃的末日世界，那一塵不染的黑髮與皮膚顯得格格不入。

業站在像是倉庫的建築物前。

門有上鎖，他使勁以短劍扳動鎖頭周遭，再補一腳，順利踹開。建築中堆放劍、槍、手斧、盾牌、鎧甲、木箱與桶子等物品。武器生鏽蒙塵，年久失修。這裡原是軍火庫。

業拿起一把長劍，嶙峋手指輕撫劍鋒。

隨後，對著自己的脖子一抹。

喉頭出現一道黑色大裂縫。然而傷口立刻恢復原狀。

業將長劍丟在地上，伸向別把長劍。

同樣的事重複了好幾次。

當所有長劍都掉在地上，業坐在木箱，雙手掩臉。他的肩頭微顫，不知是哭是笑。

身邊傳來笑聲。

羅丹驚訝地轉頭一看，業掛著諷刺的笑容。

「……都沒模仿對象了，學得倒是有模有樣。」

「什麼意思？」

業不置可否地聳肩，手抽離鏡子。影像消失了。

「換你了，羅丹。」業戴回手套催促。

此後，羅丹見到了。

鏡面出現了讓人不悅到想別開眼的景象。

業如果不在場，他可能憤怒得打碎鏡子，但虛榮與好強維持住他的理性。

那晚，他輾轉反側，在淺眠中作了噩夢。隔天到克洛亞商會，業已經出門。羅丹懷著未消的煩躁辦公，午後，出了一樁毫無預警的意外，事態雪上加霜。

「會長，貴府的僕役傳來喜訊。斐伊少爺回來了！」

「他怎麼會回來。」羅丹太過驚愕而流露眞心話。部下告知斐伊在書房等候便離去。

他急忙趕回家。打開書房的門就見到金髮青年站在那面鏡子前。

金髮男人轉身，露出跟昨晚鏡中影像一模一樣的淺笑。

「久疏問候，您看來心情不怎麼好。」

「……小子，你爲何回來？」

斐伊用與十一年前那天相同的責難眼神回問。

「父親，您打算侵略希路嗎？」

斐伊是羅丹與第二任妻子玫伊生下的獨生子。

第一任妻子是父親擅自決定又醜又老的女人。無論過幾年都無法產生感情，他便用生不出孩子當藉口在父親死後休妻，改迎娶年輕貌美的玫伊。

玫伊是效命皇帝一族的地方領主么女。羅丹開出免嫁妝這種破格的條件，與她成親。這樁策略聯姻很成功。透過玫伊老家美言，克洛亞商會得以與皇帝一族做起生意。

然而就連這份成功，都成了羅丹惱怒的源頭。

玫伊天生病弱，時常臥病在床。或許因爲在床上讀遍各國書籍，她比羅丹更有生意頭腦，時不時對克洛亞商會的經營方向指手畫腳。

「恕我冒犯，羅丹。我實在難以贊同這項企畫。」

採納玫伊的提議，業績就會提升，卻傷了羅丹的自尊。

結婚隔年，繼承人誕生了。

隨著歲月流逝，他發現斐伊就像另一個玫伊，像的還不只容貌。玫伊不喜鬥爭，斐伊自小絕不與人爭執。因此羅丹絕口不提軍需產業，也不讓他扯上關係。然而明眼人都看得出，克洛亞商會在該領域的發展一年比一年好，他與不對盤的兒子愈來愈常吵架。

十一年前的那天，斐伊在深夜來到羅丹的書房。

「父親，您打算侵略諾德嗎？」

斐伊坦承偷看了羅丹書桌隱藏抽屜裡的信件與文件，發現開戰跡象。他進一步拿出羅丹的祕密帳簿，威脅不盡力阻止，就要向世人揭露父親中飽私囊。

祕密帳簿上記錄了克洛亞商會外帳沒留底的賄款、黑錢與匿報財產。

斐伊翻遍書房，在天花板的暗處找到帳簿。

「你公開的話，連你自己也會完蛋。」

「比起用戰爭財過舒服日子，我寧可選擇爲了和平挨餓。」

聽到這句話之前，羅丹並沒有殺意。

伸手可及之處，碰巧有一把防身短劍。

等羅丹回過神，手中握著沾滿鮮血的短劍。斐伊按住染得鮮紅的肩頭，跑出書房。接下來，兒子帶著祕密帳簿消失無蹤。他尋覓數年，卻沒找到半點蛛絲馬跡。之後，業向他報告自己在諾德王宮見過他，派出追兵時，斐伊早已離開，斷了音訊。

歲月流轉了十一年，長大成人的斐伊如今站在羅丹的面前。

他不發一語，等待羅丹的回應。

忽然，斐伊別開了眼。

羅丹來不及阻止，他就觸碰了那面鏡子。

映照出來的，是被血紅與黑暗淹沒的景象。

火柱遍地升起，照得黑夜宛若白日，人們哭喊嚎叫，四處逃竄。

虐殺與掠奪如默劇進行。

屍體堆積成山。街道遭受摧殘。幼兒在瓦礫掩埋的女性身邊哭泣。

場景翻書似地逐步切換。

不過，這幕影像跟羅丹過去見過的任何影像，有個明顯差異。

影像完全沒有出現斐伊自己的身影。

「……你爲什麼碰鏡子？」

「我很好奇，以前這裡沒有這面鏡子。靠近發現上頭有血漬般的痕跡，檢查時鏡子就發光了，嚇我一跳。」他將手遠離鏡子，詢問羅丹。「這是顯示未來的鏡子嗎？」

羅丹亂了陣腳，不及細想回答：「不是，它顯示出觸碰鏡面的人最恐懼的事物。」

這樣啊。斐伊漫不經心回應，又開口：「您有向軍火商人——業，使用鏡子嗎？」

「……如果我說有呢？」

「您有沒有注意到他右手背有傷？」

「這是什麼意思？」羅丹對斐伊曖昧模糊的問題很不耐煩。斐伊從兒時起就很喜歡用吊人胃口的方式說話。「業一年四季都戴著手套，很少露出手——」

「不過用鏡子的時候，他脫下手套了吧。」

羅丹的記憶逐步清晰。業觸碰鏡子時，右手背上有個黑色裂縫般的傷痕。

「看來傷口還在。」

斐伊滿意地笑了。他將羅丹的沉默視爲肯定。

「要不要跟我交易？」

「交易？」

「是的。我想拜託父親的事就只有兩件。請告訴我您對業的認識。然後，請安排我跟業協商。我會說服他止戰。等這些結束，我就將那本內帳還給您。」

「事到如今那東西究竟能證明什麼？」

「也許不行，不過，如果在適當時機曝光，難保不會成爲徹查克洛亞商會帳簿的導火線。您也不想跟我浪費力氣勾心鬥角吧？」

羅丹不悅至極，那宛如看透一切的眼神也與玫伊神似。

（3）兩種語言

安內希卡上了船，在甲板找到斐伊時，對方是前所未見的震驚。

她告訴斐伊關於自己搭船的原委，說服他：「你要阻止臧達爾跟希路開戰才回國吧，我想待在你身邊，助你一臂之力。」

「不行。我不想讓妳身處危險。快回家。」

「我現在怎麼回去？這艘船直達臧達爾，途中不靠岸的。」

「……也是。要求十六歲的女孩子獨自搭船返鄉，太不負責任了，但我也沒辦法一下船就陪妳折返。」

「你擔心我的心意，我很感激，但我的心情也一樣。只要能待在你身邊，就算遇上危險也無所謂。拜託多依賴我一些。我會盡力派上用場。」

斐伊思考一會，終於允諾安內希卡同行。

抵達臧達爾的港口，斐伊將暈船的安內希卡留在旅社休息，單獨在黃昏時分外出。他說自己偶遇朋友，遵守了往日的約定。隔天，他們搭上共乘馬車，前往克洛亞商會所在的首都。抵達時已是晚上，住一晚之後，隔日早晨時，斐伊希望獨自前往老家。

——不好意思，請妳留在這裡。十一年前，我和父親吵架訣別，現在突然帶著女性回來，恐怕增加事端。

傍晚，斐伊回來，安內希卡戰戰兢兢上前詢問：「還好嗎？」斐伊搖搖頭，不發一語地將買回來裝著晚餐的紙袋交給她。儘管很想幫忙，但安內希卡只會說厄葛蘭特語，連購物這樣的小事都辦不到。

「下一步怎麼做？」

「我請他安排我跟業協商的機會。父親的條件是他要在場。」

「業——他是誰？」

「家父的左右手，想要掀起戰火的軍火商人。我想和他一對一見面，但父親不信任我，不准許這麼做。」

「那名軍火商人是不是跟你一樣，能夠講不同國家的語言？令尊也是嗎？」

「嗯？」聽見這個突兀的問題，斐伊疑惑地望著安內希卡。「……業應該會諾德語跟希路語，或許有別的。家父只會說臧達爾語。他認爲沒必要學其他國家的語言，聘請口譯更方便。」

「令尊有沒有可能會厄葛蘭特語？」

「不可能。」斐伊很快回應，接著露出愧疚神情。「他問我這段時間都待在哪裡時……」原來他對父親不會這種語言的根據，是羅丹一聽到厄葛蘭特時所道出的歧視言論——原來你在那種荒鄉僻壤。難怪找不到。

「我明白了。這樣要不要由我當中間人來跟業交談呢？」

「妳當中間人？」

安內希卡點頭。

「跟業協商的時候，請讓我一起出席，告訴令尊我是不懂臧達爾語的外國人。出席的理由什麼都可以，也許可以說，在我出生的國度，締結婚約需要雙方父母的簽名，想在見家長時，請令尊簽名。然後，你可以假裝是在翻譯給我聽，乘機使用令尊不懂的語言跟業交談，這樣如何呢？這麼一來，你就可以在令尊的面前跟業密談了吧？」

一陣漫長的沉默降臨，安內希卡悠悠地等待回應。

「……這個點子很好。」斐伊微笑。「我果然需要妳的幫忙。」

隨後，斐伊述說起業的故事。

安內希卡深受震撼，不過她專心聆聽每一字句，希望幫上忙。

這是很漫長的故事，說完已經入夜。斐伊吃起當作晚餐的絞肉派與起司。

「業雖然是克洛亞商會僱用的軍火商人，但聽老家僕役的說法，似乎是業本人贏得臧達爾皇帝與軍隊信賴，控制全國軍火商。他對國家的影響比身爲會長的父親還大。」斐伊飲下葡萄酒，「如今，業進一步拉攏希路國王，慫恿他進攻臧達爾。家父說國王隨時會在宣戰布告上簽名。」

「一切關鍵是那名軍火商人。」安內希卡心領神會點頭。「他還是非人之物。」

「沒錯。他的眞面目，是用割影匕首從某名人士身上分離出的影子。」斐伊從行李取出水果刀。「除了腳下沒有影子這點，他外表與人類無異。根據父親的說法，沒有方法能夠殺死他。然而，業的右手背留著兩年前割影匕首畫下的傷痕——用這把匕首，就能傷到他的身體。」

他用水果刀將起司一分爲二。

「考慮到他是非人之物，就算受到無法痊癒的傷，也未必能夠取他性命。比方切斷他的頭與身體，他可能還是不會喪命。」斐伊一邊說著，將起司切成小塊。「不過，至少能夠讓他無法披著人皮生活。」

安內希卡望著切成小丁的起司。

「你要傷害業？」

「不。我的目的僅是阻止開戰。」

斐伊用布擦拭了水果刀刀鋒，收進刀鞘。

「失去業這個國防產業中樞，反而會讓全國混亂。上上策是——說服業背叛家父，協助我阻止開戰。」

「……要是他不理你呢？」

「放心。我有自信用口才打動他的心。」

安內希卡眨了眨眼睛。斐伊一口飲盡葡萄酒，浮出笑容。

「我的父親不是當領導者的料，但是個識貨的人。只是，不管人或物，他都無法善用好不容易得到的寶物……父親得到的鏡子，是非常有意思的藏品。能聽到業見到的景象也是一大進展。拜此之賜，我對業最恐懼的事物大致有個眉目了。」

「是什麼？」

斐伊搖頭拒答。「等我掌握多一點線索再解釋。因爲我有一點不解，割影匕首與鏡子的正確用法，竟然會在契約者以外的人之間流傳。如果是瓦濟的作品，應該有保密義務。匕首還建構得出合理假設，比如黑市商人由瓦濟喬裝而成，印刷工是契約者。業在被匕首分離前，都在印刷工腳下當他的影子，因此訂定契約時，他也在場。」

斐伊仰望著房間的燈光。

萬物皆有影子——安內希卡這麼想。

「也就是說，業知道匕首的能力，但不受保密義務束縛。」

「是的。但鏡子就不清楚了。每次易主時轉告用法，卻還能維持效果。關於這個謎，問當事人最快。」

「當事人是——」

「誰」這個字還沒出口，一隻纖細的手突然從身邊伸出，抓起桌上的起司丁。

安內希卡驚嚇出聲地往後退開。

眼前是張宛如人偶般工整到不自然的少女面容，她有著紅銅色秀髮，襯著一對黃綠色眼眸，樸素黑色洋裝底下透出一雙白皙的腿。

是瓦濟。

斐伊一派自在地坐在原位。

「哎，我不知道妳也需要用餐。要不要順便來點葡萄酒？」

「我更想喝年輕美男子的鮮血。」

「請別撒這種會嚇壞安內希卡的滔天大謊。」

瓦濟咯咯發笑。

安內希卡慌慌張張地躲到斐伊的背後。她非常畏懼無法捉摸的瓦濟。

瓦濟在桌上坐定，以和外貌不相襯的嘶啞嗓音問道：「你想了解匕首與鏡子的來歷。

那不是我做的，是和我立約的契約者作品。那孩子的願望很少見。想跟人家一樣，擁有能實現違背世間常理願望的力量。」

「妳不在意保密義務。這樣看來，要不是契約者毀約，就是死了？」

「沒錯，他被殺了。」瓦濟舔舔嘴唇，在斐伊的身邊輕語：

「——被你打從心底想要見面、那個絕不容小覷的男人殺的。」

「瓦濟，妳果然對業的事情知之甚詳。」

安內希卡難以置信，斐伊聽起來很雀躍，望著瓦濟的雙眼滿懷生命力。

「聽說他想以人類身分生活。他是否爲了這個願望，主動找妳立約？」

「有，但拒絕了。」

「爲什麼？」

「你知道他不會老吧？爲了實現用人類身分在人世生活的心願，他可以花費幾百年、幾千年地奮戰下去。要是他成了人類，幾十年就會壽終正寢。難得人家有場長長久久觀賞的好戲，如果他實現願望，豈不是很浪費？」

「妳還眞執著於他。深感遺憾，我以爲自己才是妳的眞愛。」

「說什麼言不由衷的話。你這個大騙子。」

瓦濟戲謔高笑，雙眼倒是自始至終愉快地瞇著。

「你應該有底要怎麼打動業了，對不對？」

「這麼久的交情了，我很清楚妳在想什麼……想必不可能許願要業死亡；會危及他性命的願望，妳也不會答應。如果我拜託妳再多打造一把切影匕首呢？」

「我可不要。」

「果然呢。那麼，我想確認一件事，希望妳毫無保留地回答我。」

「沒問題。」

「世界上是不是只有一把武器能擊敗業——就是那把割影匕首？」

「沒錯。」

「……斐伊，是不是有點怪？」

瓦濟居然如此大方回答問題，背後一定有陷阱。

可是，斐伊並未理會安內希卡的提醒，反而向瓦濟提出新的問題。

「瓦濟，和妳訂契約的保密義務，應該是在確定立約的那一刻產生吧？也就是說，保密義務無法限制當事人與另一個人討論尚未制訂的契約。」

「斐伊，我話說在前頭。」瓦濟以纖細的指頭撫摸斐伊的髮絲，並將一撮掂在指尖玩弄著。「絕大多數人的一輩子，都未必有一次跟我立約的機會，他們才沒時間好好思考願望或找誰商量。再說，談到想實現的願望或付出的代價，答案不都是呼之欲出嗎？」

「看來妳現在依然想要我的金髮。」

作爲回應，瓦濟吻了斐伊的髮絲。

安內希卡毛骨悚然，「斐伊，別和她訂契約！」她激動地拍開瓦濟的手。

斐伊驚訝地望著安內希卡，瓦濟則爆出笑聲。

「瓦濟，我要跟安內希卡談談，方便叫妳前離開一下嗎？」

「請慢聊。」瓦濟獰笑著消失無蹤。

斐伊嘆了口氣，握住安內希卡顫抖的手。

「讓妳擔心了。我很抱歉。」

「你在想什麼？你是不是想和瓦濟許願好阻止與希路的戰爭？」

「不是的。瓦濟的契約都有陷阱。我如果許了這種願望，希路很可能在開戰前就因爲天災或者疾病而滅國。按照契約，這也算是願望實現。」

「那你爲什麼要問契約跟代價？」

「關於這件事，我有個誠摯請求。除了麻煩妳擔任中間人好和業交談，還有一件拜託妳的事——」

斐伊瞇起藍眼，優雅微笑。

（4）沉默是金

數日後，斐伊與安內希卡來到克洛亞商會。與業商談的時間即將來臨。

斐伊身邊是安內希卡，羅丹隔著桌子，坐在斜對面的位置。他穿著寬鬆上衣，應該是想掩飾因年紀漸長而衰老的體態。

一段時間前，斐伊隱瞞了部分事實，和羅丹事先一步步地討論過如何解讀業的鏡中影像。在這之後，他們請人將鏡子搬到迎賓室，藏在大窗的窗簾裡。

「白日就拉上窗簾，是不是太可疑了？」

斐伊憂心詢問，羅丹卻嗤之以鼻。

「他出席的會議，總是連氣窗都不能開。他謹慎至極，生怕有人從外頭發現他沒影子又不會老。」

掛鐘響起，沒有半聲敲門聲，門就開了。業一進房就詫異地盯著安內希卡。

「斐伊帶來的？」

「……他說是厄葛蘭特帶來的未婚妻。」羅丹苦著臉回答。

「這樣啊。」業冰冷回應，與起身的斐伊握手。「斐伊，好久不見。看來你還是以前那個沒藥救的理想主義者。」

「你這是什麼意思？」

「我見過你一次——九年前，我們在諾德城的走廊擦身而過。那時年僅十七歲的少年剛豁出性命向國王陛下大膽進言。你現在比實際年齡蒼老，我想就是此後你依然選擇充滿磨難之道的證明。你會像這樣遊說我，代表崇高的理想無可動搖。沒說錯吧？」

「原來想法被另一個人摸透這麼令人難為情——你會講厄葛蘭特語嗎？」

業挑起單眉，接著轉向安內希卡，以流利的厄葛蘭特語打招呼。

安內希卡不知所措地回禮。

「看來你會講。我也會偶爾幫她翻譯。」

斐伊對著安內希卡說起厄葛蘭特語。

「真是抱歉。其實我想跟你單獨見面，可惜家父不允許。」

安內希卡照著事先商量好的那樣，以簡略的臧達爾語自我介紹。

「虧你搞了這麼費工夫的花招。」

看來我方的意圖似乎正確傳達給業。斐伊以微笑回應業的奚落。

業坐在斐伊正對面，啜飲起茶杯裡的香草茶。

斐伊等他將茶杯放回茶托，用臧達爾語展開協商。

「你也聽家父提過了，我是爲了阻止開戰才回國。」

「開戰勢在必行，憑你一個人無法推翻。」

「這我很清楚。即使如此，我還是想避免戰爭。能請你幫忙嗎？」

「很遺憾，我可是軍火商人。」

「不想錯過大撈一筆的機會？」

「這還用說。」

「你期盼開戰有另一個眞正的理由。你不會老去，根據已知資訊判斷也不會死亡。即使如此你還是想以人類身分活下去，爲了抹殺自己的過去，滅了祖國諾德。而你也想對留有自己死刑紀錄的希路如法炮製。畢竟世上沒有人能死而復生。我說對了嗎？」

「死刑紀錄？」羅丹對關鍵字很有反應。

「這件事你聽誰說的？」業壓低聲音問道。

「父親，您不知道嗎？看來他一點也不信任您。」斐伊迫使羅丹住口，接著再次轉向業。「你還沒回答我的問題。憑你的本事，應該有辦法想出不用滅國就能將過去一筆勾消的辦法。」

「紀錄可以消除，但記憶無法。」

「你消除紀錄了嗎？」

「希路的公文檔案館在十五年前被一把火燒毀了。」

「也就是說你的死刑紀錄已不存在。既然如此，這不就夠了嗎？人類是健忘的生物。時間會解決一切。」

「你也回答我的問題。剛才那件事是誰跟你說的？」

「……看來是我說話的順序不對。」

斐伊苦笑，離席拉開窗簾讓鏡子亮相。

原本說好的步驟被打亂，羅丹吃了一驚。

斐伊拉開鏡子上的披掛，以手觸摸鏡面。

鏡子發光，映出斐伊的影像。

「恕我唐突冒犯。爲了有效率協商，我首先要完成父親委託，推理業所見的影像意義。」

羅丹還摸不著頭腦，斐伊已毫不顧忌開始說起。

「業的影像顯示出了兩個場景。第一個是某處的廢墟。國家與時代不明。遺留物沾滿塵土，環境荒蕪。影像中有棄置的砲臺，可推測應爲戰場遺跡。再來砲臺生鏽，砲管甚至還有鳥兒築巢，可見距離終戰有很長一段歲月。」

安內希卡凝視著鏡中持續映照的淒慘光景，臉色發白。

羅丹似乎決定姑且先聽聽推理，臭著臉緊閉雙唇。

「……看來你是眞的反戰。」業低聲呢喃。

「第二個場景是老舊的軍火庫。」斐伊的手按在鏡子上，繼續說道。「即使傷口總會癒合，業仍多次刎頸。他重複自殘行爲，看來是想自我了斷。但爲何他在還有長槍或手斧的軍火庫裡，偏偏只選了劍？」

業琥珀色的眼眸對著斐伊。

「決定性證據是你看完影像的話語——都沒模仿對象了，學得倒是有模有樣。」

斐伊的手從鏡子抽離。

影像消失，鏡面恢復黑曜石的光澤。

「你眞實身分是人類的影子。你具有模仿人類的天性，即使現在獲得自由，也渴望以人類身分在人世生活。你在鏡中見到的是少了模仿對象——人類滅亡後的世界。」

斐伊回到協商的桌子，與非人之物對峙。

「你最畏懼的是『成爲不死之身在人類死絕的世界持續徘徊』。另外，你在軍火庫嘗試自刎，可以推測想要你的命——會需要一把滿足某種條件的劍。」

斐伊撩起頭髮。

見到這個事先說好的暗號，安內希卡扯扯斐伊的袖子。

斐伊以厄葛蘭特語詢問業。

「聽說瓦濟拒絕與你立約？」

業驚愕地直瞪著眼。斐伊繼續爲安內希卡「翻譯」。

「我之前巧遇基鐸。他的影子上，現在還有你兩年前弄掉割影匕首時的傷。因此，我想確認一件事，能請你脫下手套，露出右手背嗎？」

業臉色驟變。他踹開椅子起身，從刀鞘抽出散發幽光的匕首。出鞘瞬間，割影匕首的刀鋒冒出裂痕，迸裂四散。碎片宛如融入空中般逐漸消失。

業茫然地望著留在手中的刀柄。

羅丹還沒領悟發生了什麼事。安內希卡一臉緊張，等待斐伊下一個暗號。

然而業卻瞪著斐伊，怒氣騰騰地說道。

「……看來你打從一開始就不打算跟怪物協商。」

「不是的。業，我是——」

業將刀柄往他身上丟。

斐伊反射性用手護住臉。

桌子傳來震動。物品碎裂的聲音與少女的慘叫聲響起。

「安內希卡！」

業緊抵著牆壁，一把短劍放在安內希卡脖子上。

「你別再給我扯半句話，斐伊……安內希卡，我這下終於明白妳在場的意義了。斐伊跟瓦濟立約了吧？而妳是不受保密義務束縛的見證人。那傢伙八成是拿金髮當代價吧。」

業惡狠狠盯著斐伊白銀色的頭髮怒道。斐伊緩緩起身。

「請你放開安內希卡。你協商的對象是我。」

「我不是叫你別再給我扯半句話？」

業無情拒絕，臉轉向安內希卡。

「這是妳的任務吧，安內希卡。快供出斐伊的契約內容。」

安內希卡張開嘴卻發不出聲。淚水滴落在短劍劍鋒上。

「你們從剛才開始就在搞什麼鬼！」

業看也不看倉皇失措的羅丹。

儘管不在預定內，也只能由斐伊來說。他慎選措辭，以免違反保密義務。

「……消除了匕首的能力，我還不是無法達成目的？這只會讓你變得不老不死。」

「沒錯。你不可能毀了唯一殺死我的方法。我看你的目的就是要歸還匕首，換取我阻止開戰吧。也就是說你能取回匕首的能力……安內希卡，我的解釋正確嗎？」

安內希卡看看斐伊，接著緩緩點頭。

「這樣啊。」業將短劍進一步靠近安內希卡的脖子。「斐伊，把匕首還來。」

「我再說一遍。請你放開安內希卡。」

斐伊直直望著業，從懷中拔出短劍，抵在自己的脖子上。

業的表情僵住了。

安內希卡代替斐伊宣告。

「……斐伊要是死了，匕首的能力將會永遠遺失。」

「請盡快下決定。我不如你慣於使用武器，說不定會手滑。」

「你確定嗎？這樣你可無法阻止與希路的戰事。」

「這可難說。」

斐伊將短劍輕輕一滑。

就在同時——

天花板一陣旋轉。回過神來，他被業按倒，壓制在地。

業放聲大吼。「你在想什麼啊！」

斐伊望著業微笑。他以臧達爾語回應，好讓羅丹也能聽懂。

「我想阻止臧達爾與希路的戰爭。你願意協助我吧，業？」

沉默過後，業簡短回答。

「——好吧。」

業鬆手，斐伊撐起身子。脖子上的傷口很淺，被壓在地上的背還比較疼。

「你還好嗎？」

斐伊迎著泫然欲泣的安內希卡一笑，在她的攙扶下站起來。

「……你們在打什麼主意？」

「就跟你聽到的一樣。」業對面色如紙的羅丹如此回應。「事出突然，麻煩你立一張把會長寶座讓位給斐伊的誓約吧？」

羅丹翻翻白眼。斐伊也懷疑自己聽到的話。

「我不想要。再說我從沒提過要父親退位——」

「羅丹是阻止開戰的障礙。他可是個把戰爭當成金雞母的人。」

「就算是這樣，爲何我……」

「你不是獨生子嗎？你有資格繼承。」

「我只是個捨棄商門的浮萍。父親的部下不會接受。」

「放棄隨心所欲的放浪生活。要是你曝屍荒野，傷腦筋的是我。留在能監視我的地方，你也比較安心吧？」

「給我說臧達爾話！」羅丹怒吼。

業笑著聳肩。

「你別擔心，斐伊。我不會讓任何人有怨言。我可是皇帝陛下的寵兒。只要我指定，克洛亞商會就歸你了。」

現場空氣瞬時凝結。

「——要是沒有你這小子！」

氣得滿臉通紅的羅丹，對斐伊揮刀。安內希卡驚聲尖叫。

業從旁撞開羅丹。

他面無表情傲視倒地掙扎的羅丹，拿起掉落在地的短劍朝他胸口一刺。

走廊狂奔的腳步聲逐漸逼近。

「會長，您怎麼了！」

「沒事。下去吧。」羅丹的聲音響起。

要衝到羅丹身邊的斐伊嚇得停下動作。

業模仿了羅丹的聲音說話，像得令人不寒而慄。

「可是，雖然您吩咐我們絕不可打擾，方才那簡直就像——」

「你是想違抗我的命令？」

「是、是屬下失禮了。」

部下畢恭畢敬應道。腳步聲又逐漸遠去。

業恢復原本的聲音，以厄葛蘭特語問道。

「斐伊，你知道羅丹最恐懼的是什麼嗎？」

「別提這個了，快帶父親——」

衝到倒地不起的羅丹身邊的安內希卡，鐵青著臉搖搖頭。

「來不及了，這傢伙已經死了。答案是完全否定羅丹人生的你，搶走這傢伙一路以來奉獻所有人生的克洛亞商會。」

「你為了激將，刻意指定我繼承嗎！」

「我只是要保護新任雇主。跟軍隊報告，他們就會善後。」

「善後？你可是——」

「無法以人類法律制裁。要說為什麼，因為我不是人類。」

斐伊啞口無言。

「……你的聰明才智用錯方式了。」

「是嗎？」

「今後你絕不可殺人。這是來自你新雇主的命令。」

業揚起單邊眉毛。他瞥了眼羅丹的屍體，回應斐伊：「我盡力。」

斐伊嘆了口氣，接著起身。

「我希望不流半滴血就阻止戰爭。你有計謀嗎？」

「要從現在轉換方向阻止開戰，是難上加難。但有辦法讓希路中止宣戰。」

「什麼辦法？」

「這個嘛，讓希路的憂國之士來除妖——你說如何？」

（5）得不到光采的英雄

臧達爾屈指可數的富商之家長年失蹤的少爺返鄉，以及緊接而來的當家訃聞，招惹出全國上下的疑心。斐伊接受官兵偵訊，但僅是做做樣子，立刻獲釋。羅丹的死對外宣稱是場意外。

不過，克洛亞商會隨後再次受到全國注目。繼承了羅丹莫大遺產的斐伊，公開父親匿報的財產。接著他向徵稅官繳納應繳的稅額，還承諾會支付罰金。

斐伊公布納稅額，龐大數字令國民震驚。傳聞遍及全國。

克洛亞商會第四代繼承人，究竟是痛恨旁門左道的正義之士？還是想踐踏前任名聲的弒父僞善之徒？抑或是爲洗刷汙名不惜揮灑私財的狡獪商人？

此時在希路，一名貴族青年在議會主張反戰，掀起軒然大波。

他不知道從哪裡弄來機密文件——記載鄰國臧達爾國家預算的帳簿副本。當鄰國對軍方與武器工廠的巨額投資攤在陽光下，議員一片譁然。

「我就直說了，我國沒有勝算。想要保護國民，只能避免開戰。國王陛下的雙眼受到了蒙蔽！」

他立刻因冒犯君主罪遭到逮捕。不過幾小時後，印有他反戰論與鄰國帳簿摘錄的傳單，便散播到全國各地。

克洛亞商會前任會長逃漏稅的消息，也爲反戰派推波助瀾。

克洛亞商會是臧達爾軍需產業重鎮。會長利用與希路備戰中飽私囊，這項醜聞獲得希路國民的關注，爲人民覺醒推了一把。

年輕貴族的主張瞬間多了可信度，國民之間的反戰聲浪日漸高攀。

沒過幾天，憂國之士的青年重返議會。

同一時間，一個奇特的傳聞傳遍全國。

聽說國王的參謀，原先主戰派的先鋒——是臧達爾內應。

緊握傳單的國民紛紛湧至王宮外。

隔天，希路國王頒布不戰之令。

鄰國希路的騷動也傳入臧達爾。相同的傳單發得滿天飛，國民對偏頗的稅金用途發出怒吼。就在臧達爾政府焦頭爛額追查洩露機密文件的犯人以及鎮壓騷動時，希路主動提出和平協議，談判的手段攸關不凍港關稅與礦權。

於是不流一滴血，戰事受到阻止。

❀

斐伊因保密義務不便透露，安內希卡代爲向業說明歸還割影匕首的條件。

「……即使阻止開戰，還是不能還你割影匕首。必須等到斐伊認同你改過自新，再也不會殺人或引發戰爭才行。」

斐伊與安內希卡握有業的把柄。一旦歸還匕首，業可能爲封口而殺害兩人。然而，用匕首先發制人殺了業就行了嗎？這也行不通。時逢震盪期間，無人可取代能說動臧達爾皇帝與國軍的男人，失去他將會讓克洛亞商會陷入窘境。要是業抗議這跟說好的不同，將會很棘手，不過他倒預測到這個條件。

「我早就猜到差不多是這樣了。」

他淡漠回應，斐伊與安內希卡嘆了口氣，卸下心中一塊大石頭。

接著在羅丹葬禮幾週後，斐伊在書房與業聊天。

「你在軍隊建立人脈的契機，是不是幫了主計長官。」

「你聽羅丹說的？」

「是的。但這麼一來，軍隊知道你熟悉臧達爾政府帳簿，同時有可以閱覽的立場。你不擔心他們懷疑到你身上嗎？」

「我沒有動機。畢竟洩露帳簿，只會讓國軍與克洛亞商會蒙受重大損失。再說你要怎麼解釋希路王宮的除妖記？」

國王以謝罪的名義接見被控冒犯君主罪的貴族青年。他在國王與重臣眼前指出國王的參謀暨主戰派先鋒——也就是滲透希路國的業，他與臧達爾國私通。眾人信服他的主張，是因爲眼看要被當場羈押的業逃跑，從此下落不明。

此後由於沒有留下鐵證，臧達爾政府始終堅稱跟該名男子沒有來往。怪物——業從希路土地上消聲匿跡，得以使他在嫌疑無限大的情況下，將眞相葬送在黑暗之中。

「那個除妖功臣的貴族青年，當然也是你的人馬吧？」

「是啊。一個小小的鄉下貴族。」

「聽說他是位於與臧達爾交界處山岳地帶的領主。這次成了揚名立萬的救國之士，還是握有礦權的有力人士，他的前途想必一片光明。」

「你怎麼這麼了解。」

「我調查過了。」

「有沒有發現什麼有趣的事？」

「沒有。經歷乾乾淨淨的，也沒有與克洛亞商會交易的紀錄。我完全查不到這名野心勃勃在政界嶄露頭角的人物──名叫赫裘拉的青年，跟你有什麼接點。」

斐伊以指尖掃過傳單上的署名。

業僅是一個勁地笑著。

此後，剛接任克洛亞商會第四代會長的斐伊，仍然忙得不可開交。

但就在某一天，斐伊下定決心，造訪安內希卡的房間。

「真抱歉。我工作遲遲處理不完。我派信得過的部下與妳同行，送妳回厄蘭葛特。」

安內希卡露出不知所措的表情。

「我也很清楚，我應該讓妳回到令尊令慈身邊──」

「……那你想讓我回去嗎？」安內希卡一雙大眼蒙上陰霾。

「我……」

「我想跟你在一起。你不想嗎？」

直率無比的眼神，令斐伊不禁閉上眼。准許她涉入這麼私人的事務，留她在宅邸住這麼多天。理由是什麼，斐伊其實早已有自覺。

「……我一直希望冬天快點到來。」

「咦？」

「要是港口結凍，往厄葛蘭特的船就開不了。」

斐伊睜開眼睛，凝視安內希卡。

「恕我遲至今日才告白。妳願意永遠陪在我身邊，繼續扶持我嗎？」

安內希卡雙眼圓睜。隨後，她緩緩點頭。

斐伊輕輕展開雙臂，緊緊擁住世上唯一珍愛的少女。

羅丹喪期結束的隔年春季，斐伊與安內希卡的大喜之日落定。

籌備婚禮時，一名意外人物前來訪問斐伊。此人是他與基鐸重逢時，在那家店遇上的義肢軍人。他帶來的部下換了一批人。

「……前些日子受您照顧了。」

聽見斐伊模糊其詞，義肢男嘴角輕輕揚起。他裝作若無其事問候，表示這回與國軍頗有淵源的克洛亞家要辦重大儀式，他全權負責警備。

「這是我第二次參加克洛亞商會會長婚禮。比起前任當家，你跟夫人長得更像。」義肢男人瞇起眼睛。

幸虧對方沒提起那晚的逃亡，婚禮的警備措施順利敲定。不過，開完會離開房間之時，男人問了斐伊。

「你討厭軍人嗎？」

「怎麼會。為何您這麼覺得？」

「從前我在婚禮試圖一親芳澤，被前任當家的夫人打發。她說比起穿著軍服威風凜凜的男士，她的個性比較適合守財奴。」

「這還眞是失禮了，我代替先母向您道歉。」

「會長，這是我個人看法，」義肢男忽然壓低聲音。「我等軍隊是為守護皇帝陛下並為祖國帶來安寧而構築的鐵壁——因此我並不樂見我軍被用來侵略他國。」

臧達爾的士兵一臉有所欲言地望著長官。儘管男人也感受到部下投注在背上的視線，他仍毫不顧忌繼續說道。

「不過您似乎跟前任當家抱持不同想法。今後還望您多多指教。」

臨別握手的時候，男人偷塞了一封信。

婚禮前一晚，斐伊在書房辦公。

時鐘指針顯示深夜。收拾好辦公桌，他像忽然想起了什麼，從上鎖的抽屜取出自義肢男人那邊取得讀過一次又一次的信。信件由諾德語寫成。

聽說你要結婚，恭喜你。我其實很想當面祝賀。都怪有隻嚇人的看門狗，害我不敢到府上拜訪。抱歉。

因爲基鐸透露割影七首的事，斐伊才能阻止戰爭，但他同時害業的把柄落入斐伊手中。基鐸遠離業出入的克洛亞商會也是自然。

眞沒想到你成功阻止開戰。卸下心頭的大石後，我想起從小到大環遊世界的夢想。這封信送到你手上時，我應該已經出海了。我想老兄你應該也身處艱難的立場——

此處殘留了藍色墨水的暈染痕跡。大概是筆還按在紙上，卻不知道該怎麼寫下去。

基鐸將信託付給義肢男人的時候，已經知道斐伊的眞實身分了。克洛亞商會是滅了基鐸祖國的臧達爾軍需重鎮。他得知斐伊身分，萌生受到背叛的心情也不足爲奇。

但基鐸仍以朋友的身分祝福斐伊的婚事。

我相信無論發生什麼事，你都會選擇正確的路。改天見。

下次與他重逢，斐伊有一堆話想跟他聊。

斐伊將信收回抽屜。

此時從敞開窗戶吹進來的風，輕輕拂過斐伊的白髮。

熟悉的嗤嗤笑聲自上方傳來。

「這下故事有個完美結局了。」

「眞愛說笑。距離兩人從此過著幸福快樂的生活，還有一堆事得做。」

望向窗外，空無一人。僅有美麗的滿月高掛夜空。

（完）

NIL 41／獻給孩子的歌

原著書名／あれは子どものための歌
原出版者／東京創元社
作　者／明神默
翻　譯／Rappa
責任編輯／詹凱婷
編輯總監／劉麗眞
總 經 理／陳逸瑛
榮譽社長／詹宏志
發 行 人／涂玉雲
出 版 社／獨步文化
城邦文化事業股份有限公司
104台北市中山區民生東路二段141號5樓
電話：(02) 2500-7696　傳眞：(02) 2500-1967
發　行／英屬蓋曼群島商家庭傳媒股份有限公司
城邦分公司
104台北市中山區民生東路二段141號2樓
網址／www.cite.com.tw
讀者服務專線／(02) 2500-7718；2500-7719
服務時間／週一至週五：09：30～12：00　13：30～17：00
24小時傳眞服務／(02) 2500-1900；2500-1991
讀者服務信箱E-mail／service@readingclub.com.tw
劃撥帳號／19863813
戶名／書虫股份有限公司
香港發行所／城邦（香港）出版集團有限公司
香港灣仔駱克道193號號1樓東超商業中心
電話／(852) 2508-6231　傳眞／(852) 2578-9337
E-mail／hkcite@biznetvigator.com
馬新發行所／城邦（馬新）出版集團
Cite (M) Sdn Bhd
41, Jalan Radin Anum, Bandar Baru Sri Petaling,
57000 Kuala Lumpur, Malaysia.
Tel: (603) 90578822
Fax:(603) 90576622
email:cite@cite.com.my
封面設計．封面插畫／高偉哲．VIVI化合物
排　版／游淑萍
印　刷／中原造像股份有限公司
●2023（民112）1月初版
售價360元

ISBN 9786267226070
9786267226148（EPUB）

國家圖書館出版品預行編目資料

獻給孩子的歌／明神默著；Rappa譯．–初版．– 台北市：獨步文化，城邦文化出版：家庭傳媒城邦分公司發行，民112.01
面；公分．--（NIL；41）
譯自：あれは子どものための歌
ISBN 9786267226070（平裝）
9786267226148（EPUB）
861.57　　111018428